La Locanda dell'Ultima Solitudine

A Sara,
ogni mia parola che si fa storia

ALLE SOGLIE DELLA CITTÀ GRANDE

1

«Allora per il giorno siamo d'accordo: facciamo il 20 luglio.»

«Il 20 luglio è perfetto» dice l'uomo coi baffi. «Vedrà, il tramonto qui sul mare è uno spettacolo meraviglioso.»

E finirebbe già tutto qui se Libero non avesse il coraggio di dirlo.

«D'accordo» e invece lo dice, lo dice proprio adesso: «Ci vediamo il 20 luglio del 2017.»

«Del?!»

All'uomo coi baffi scappa uno squittio. Fa un passo come se stesse per perdere l'equilibrio. Ecco: ha zoppicato.

«Del 2017. Non glielo avevo ancora detto?»

«Ma è tra dieci anni!»

«Dieci anni e tre giorni. A essere precisi.»

Quell'appunto, poi, gli dà il fastidio di un rimprovero.

«E perché prenota oggi?! È convinto che nel frattempo staremo tutti qui ad aspettare lei?»

«No, non tutti: solo io.»

«Ma solo io cosa?»

«Solo io starò qui ad aspettare lei.»

Silenzio. Lungo. Denso. Così pieno di spazio vuoto che dieci anni, in quel silenzio, forse possono anche starci davvero.

Poi riprende con calma.

«Solo io, nel frattempo, starò qui ad aspettare *lei.*»

Intendendo, con quel *lei*, un qualcosa così pieno di futuro che non c'è proprio modo di capirlo adesso.

L'uomo coi baffi prende un foglio bianco, piccolo, di quelli buoni per le ordinazioni da portare a Enrico, in cucina, e ci scrive sopra qualcosa. In stampatello. Calcato dell'inspiegabile rabbia che quel tipo gli provoca.

LIBERO, scrive. E poi quella data fatta tutta di un futuro imprevedibile.

«Vuole sapere una cosa? Alla fine secondo me lei non verrà. Anzi: ci scommetto un bicchiere di vino. Lo berrò alla sua salute, il 20 luglio del 2017, quando non la vedrò arrivare. Lei è giovane, si illude che per mettere tutto il mare in una bottiglia basti solo immaginare di farlo...»

«Forse basta solo immaginare una bottiglia molto grande. Che ci vuole a venir lì tra dieci anni? Basta aspettare!»

"Mi basta aspettare" pensa Libero.

"Mi basta trovarla" è la coda di quel pensiero.

«Mi basta che non si sia offeso» dice l'uomo coi baffi che a parlare di bottiglie e vino finisce sempre per ammorbidirsi.

Finisce che si sorridono. A distanza. Come se si fossero persino un poco intesi.

Come se fossero due isole lontane che si accorgono, per l'istante di un'onda, d'esser dentro uno stesso azzurro. E che sia il mare o il cielo, per quell'istante, non conta niente.

2

Enrico, dalla cucina della Locanda dell'Ultima Solitudine in cui già sbucciava patate, aveva sentito bene lo squittio. Poi solo qualche parola borbottata, niente di più. Nulla di grave, aveva immaginato, non era la prima volta che lo sentiva borbottare al telefono con i clienti.

Eppure, per controllare che tutto andasse bene davvero, spinse in avanti la porta della cucina, si appoggiò alla maniglia fermandosi un poco in bilico e ficcò la testa nella sala da pranzo: era l'unica sala della Locanda dedicata ai clienti – le altre erano tre camere da letto, al piano superiore – e se la guardò tutta intera. La sua Locanda.

Era un salone grande, sproporzionato per quel posto che a chi voleva mangiare offriva un solo tavolo e due sedie ma dalla finestra mostrava il mare. Enrico aveva costruito tutto con le proprie mani sul vertice estremo dello scoglio di Punta Chiappa.

Dopo poco lo trovò: l'uomo coi baffi se ne stava sulla sedia su cui a quell'ora, quando bisognava cominciare a preparare tutto per la cena, non si sedeva mai se non quando il mare, là fuori, cacciava le onde alte, quelle che davvero schiantandosi sullo scoglio si confondono col gocciolare del cielo e non capisci se dall'alto ti viene addosso la pioggia o le capriole del mare.

Che strano silenzio che si portava dietro quell'uomo quando non parlava. Perché quando parlava... ah, quando parlava l'uomo coi baffi era fantastico! Era quando stava zitto che sembrava davvero non avesse niente da dire. Quasi fosse tutto vuoto ogni volta che taceva e meravigliosamente pieno di tutto, invece, ogni volta che raccontava qualcosa. Ma d'altra parte, se era arrivato all'Ultima Solitudine, una locanda dispersa nel punto più lontano della costa, dove anche il maltempo arriva di rado perché non è così semplice raggiungerlo un posto così isolato, una ragione c'era per forza.

«Brutte notizie?» gli chiese Enrico.

«Per ora no» gli rispose come distratto da qualcosa. «Magari ne arriveranno. Ma c'è tempo. Vuole che la avvisi quando saranno qui?»

«Oh non si preoccupi» ribatté Enrico. «Anzi se cercano me gli dica pure che non ci sono...»

Senza preoccuparsi un istante di più, tornò in cucina e lo lasciò impegnato in quel suo muto fare niente. Sapeva che gli sarebbe passato. Come era successo sempre.

A guardare l'orizzonte dallo scoglio il primo errore che si può fare è pensare che tutto sia azzurro. Di azzurri, da lì, se ne vedono sempre almeno due: uno altissimo, il cielo, e uno profondissimo. Il mare.

Il fatto che spesso si confondano alla vista, poi, è un difetto dell'orizzonte. Non certo della vista.

A girarsi verso il bosco, invece, con le spalle agli azzurri, non ci si può sbagliare: gli alberi sono tanti, equilibristi nel vento su quella loro unica gamba aggrappata alla roccia e con una spuma verde per chioma come fossero tutti bimbi dai capelli spettinati. E se non sono il bosco, quei lecci di mare, quegli ulivi da scoglio, allora, sono la Locanda dell'Ultima Solitudine.

È tutta in legno, la Locanda, alterna le pareti scure alle finestre piene di luce da cui entra sempre un po' di vento.

È fatta di poche stanze e una sola certezza: se sai arrivarci, facendo tutto quel sentiero buio che ci vuol poco a perdersi, quello è il posto più bello del mondo.

3

Se fosse stato per sua madre, Libero si sarebbe chiamato chissà come ma poi, grazie al cielo, aveva rischiato di soffocare.

Appena nato si era ritrovato tutto rosso con il cordone ombelicale stretto a cappio attorno al collo. E l'ostetrica, con un gesto deciso, era riuscita a liberarlo in tempo, un attimo prima che si strozzasse.

Quindi, tirandolo su per i piedi come un coniglio bagnato, lo presentò al mondo: "Eccolo!".

Sua madre lo guardò paonazza. Prendevano entrambi fiato a fatica.

"E perché non piange?" chiese spaventata che fosse soffocato.

"Perché è contento. Contento d'esser libero."

E quel nome si accese nel destino di suo figlio come una lampadina.

Da allora, tra un respiro e l'altro, si era trovato ventisettenne a vivere da solo in una Città Grande, ma così grande che sapeva contenerlo quasi come se non esistesse.

A vederlo camminare per strada sarebbe sembrato una nuvola rossiccia, di quelle che il vento solleva quando danza sulla sabbia del deserto.

Aveva tanti ricci in rame scuro, pettinati dello stesso disordine dei suoi pensieri. E da quando, per un tombino traballante, era caduto dalla bicicletta, portava sempre una barba lunga un dito. Un dito in orizzontale, un dito sdraiato sul mento, sia chiaro, non un dito in verticale...

Gli si aggrappava sul viso, la barba, fino a nascondere il segno di quel volo.

Fu una scoperta sorprendente: la barba. E anche il fatto che per averla, per coprire quella ferita, non aveva dovuto far altro che aspettare, lo riempì di gioia. Perché Libero, delle attese, amava tutto. Da quando era bambino. Quanti Natali orrendi aveva passato e quante meravigliose notti piene di speranze nell'attenderlo? E quanto erano belle le attese ai semafori quando erano rossi, e quanto sciocche le strade che corrono veloci per portarti dal pediatra per il vaccino o verso uno stupido tombino? E come erano belli i pomeriggi passati a guardare le nuvole aspettando che quelle diventassero elefanti, leoni, serpenti a dodici teste o anche solo che restassero nuvole? Libero delle attese amava tutto perché lui, le attese, le aveva accettate. Ogni mattina sapeva che doveva aspettare la sveglia, poi il pullmino che veniva a recuperarlo per portarlo a scuola; poi una volta lì sapeva che avrebbe dovuto aspettare il professore perché la lezione potesse iniziare; quindi sapeva che doveva attendere l'una per poter tornare a casa e, infine, la mamma per mangiare e le quattro, ma solo il giovedì (che infatti aspettava come il suo giorno preferito) per poter andare a nuoto. Non c'era niente di male in tutto questo e se qualcosa nella vita non arrivava era perché non l'aveva aspettato abbastanza, non perché era sbagliato aspettarlo. Tutto qui.

E Libero, soprattutto, si allenava ad aspettare *lei*.

Lei avrà labbra rosse. Sempre così, rosse, che il mare ci si rifletta dentro o che ci sia il vento della collina a farla starnutire. Che pianga, sorrida, preghi o maledica. Rosse labbra di carne, attraversate da un fremito che poi è lo stesso che scuote anche quelle di lui.

Rosse come il sangue? No, no, banale.

Rosse come le rose? Ancora più banale.

Rosse come certi tramonti?

No: rosse Nebbiolo.

Nebbiolo, il vino buono che ci ha messo ore nell'enoteca grande per sceglierlo proprio di quel colore che aveva in mente: il color labbra di lei. Una bottiglia di Nebbiolo color labbra. La stapperà con lei, la berranno insieme. Un altro modo per bersi le labbra a vicenda. Lo sa.

Ogni tanto s'immaginava conversazioni con lei.

"Hai mai pensato che forse, io e te, siamo stati destinati a incontrarci perché siamo tanto più belli di tutto quello che abbiamo attorno?"

"Sì, sempre."

"Quindi lo sapevi anche tu che alla fine..."

"Cosa?"

"No, dicevo, lo sapevi anche tu, in fondo in fondo, che alla fine..."

E lei taglia corto: "No".

"...?"

"Ci ho pensato, certo, ma non che ci saremmo incontrati alla fine. Ho sperato che ci saremmo incontrati. E che allora sarebbe stato soltanto l'inizio."

Lei avrebbe avuto la pelle di vaniglia. E lui la pelle di sale e sudore. Come fosse di mare.

Lei corre.

E lui immagina che correranno. Insieme.

Immagina pure le magliette, rosa per lei e bianca la sua, macchiata di una goccia di pomodoro che lei gliel'aveva detto subito nell'attimo in cui lo spaghetto si era ribellato alla fiocina dura della forchetta: "Guarda che quella macchia lì o la togli subito o non la levi più".

E non l'avevano levata più.

La macchia, che la maglietta sì che l'avevano levata, ma questa è tutta un'altra storia.

E in quelle maglie immaginate nell'attesa di riempirle davvero, quello che gli piace fare, quando nei suoi sogni vanno a correre insieme, è distaccarla dopo un istante. Lasciarla indietro.

Non di tanto, certo no, all'inizio tipo di un passo, solo per sentirsi dire da lei: "Tu vai, vai, io arrivo".

E poi quando lei è già un po' dietro di lui, a quel punto, sognerà d'accelerare. E lasciarla indietro tanto, ma tanto, tanto, tanto, che non la vedrà più. E farsi venire i dubbi, che forse si è fatta male, ha messo male la caviglia, una serpe l'ha assalita, ed è uno stronzo lui ad averla lasciata indietro; o è passato un tipo tutto bello e muscoloso e ora lei corre con lui, e allora è una stronza lei, ad averlo fatto andare avanti.

Ma è per quello che lui accelera. Non per perderla, no, no, ma per vivere ancora una volta quella paura lì, che passa sempre quando lei spunta dalla curva. Per aspettarla. Perché Libero delle attese ama ogni cosa, anche solo il dire, ogni volta che gioca a lasciarla indietro: "Eccoti: ti aspettavo".

Lei, con la sua maglietta rosa, che sorride nel sudore del rincorrerlo.

"Ehi! Ma sei velocissimo!" gli urlerà dopo averlo preso. "Però ti sei perso un coniglio bellissimo, un'anatra bellissima e un tramonto bellissimo..."

"Ma davvero?"

"No, scemo."

"Scusa sai, è che è una malattia."

"Essere scemi, è una malattia?"

"No, correre velocissimi è una malattia, si chiama fretta, fretta di andar forte solo per avere il tempo di aspettarti ancora, tipo immaginare che ci incontreremo tra dieci anni, e aspettarti lì, senza dirti dove sono perché so che ci sarai."

E lì vederla ridere, e baciarlo, e stargli dentro come un corso nuovo, fatto della corsa nuova che si corre a passi dispari che un passo è lui, uno è lei e il terzo passo è la bellezza che faranno passo a passo, senza più passarsi mai.

Libero lo sapeva. Si allenava a leggerla così.

Perché sapeva bene che sarebbe stato così. Lei. Un po' diversa da qualsiasi altra lei: sarà *lei*.

E intanto aspettava.

4

"Fai attenzione ai petali, Viola: si fa così."

In mano Margherita ha un fiore solo, ne accorda uno alla volta. È così che si fa. Lo inclina come se fosse il vento a dargli una carezza e poi, con l'altra mano, socchiusa a cucchiaino, fa cadere sulla corolla di petali porpora quattro gocce di rugiada. E poi ancora, ma solo dopo un poco, un'altra mezza goccia.

"Le mani grandi non distinguono una goccia, figuriamoci se sanno farne una a metà!"

E Margherita ha mani piccole.

Viola vede sua madre lavorare la rugiada come fosse plastilina liquida, come fosse mercurio farsi e disfarsi al caldo delle sue dita. Ride come davanti a una magia che forse in fondo nemmeno capisce del tutto.

Quando era più piccola, Margherita le raccontava che quello era il sudore della notte-lumaca, quella che passa lenta, faticosa, piena di pensieri gravi, e poi lascia sui fiori un senso di pesantezza bagnata che solo il sole può far evaporare. Lei la raccoglie presto, all'alba, la prende dall'anima dei fiori, la usa per accordare i fiori scordati della collina di Bisogno. Il loro paese.

La collina di Bisogno è tutta piena di viti e filari d'uva e se non ti fa girar la testa per il vino ti fa girar la testa per la storia dei fiori che si accordano.

Margherita è l'unica a saper bene come si fa. Lo sa da sempre, è fiore anche lei, e per questo lo sa. È un fiore come sua mamma, come sua nonna, e come Viola, sua figlia.

Viola però è un fiore un po' selvaggio ed è l'unica che alla sua età non abbia ancora capito del tutto come si fa: ad accordare i fiori. E sua madre glielo spiega. Ancora una volta.

"I petali sono le parole dei fiori. Senza petali i fiori sono muti, ma devono essere accordati, o possono anche dire cose orrende. Proprio come fa la menta!"

Viola, Margherita: fiori.

Fiori come la madre di Margherita, la signora Rosa; e madre di Rosa, la signora Gelsomina, figlia di quella Ciclamina che in un giorno di fine novembre di un anno persosi nella memoria aveva tramandato a tutte il segreto dei nomi da dare alle donne della famiglia.

"È una regola semplice: il nome di tutte le nostre donne deve cominciare con una consonante, sempre, e deve finire con una vocale. Sempre."

"Tutto qui?"

"Tutto qui."

Poi aveva fatto una pausa, aveva guardato lontano e inclinato il collo fino a far schioccare le prime vertebre della sua dolorante cervicale. E solo allora aveva aggiunto il dettaglio più importante.

"E dovrà sempre essere anche il nome di un fiore."

E sempre così era stato con Gelsomina, Rosa, Margherita e, infine, Viola.

La storia che i fiori vadano accordati, invece, non è facilissima da spiegare. È più facile da credere, che da capire. Anche se Margherita cerca di spiegarla a Viola.

"Vedi, Viola, i fiori vanno accordati, perché se no si scordano. E un fiore scordato è solo un ricordo appassito. La collina di Bisogno è piena di fiori scordati. Lo sai che a Bisogno si fa il vino, e lo sai che il vino si beve per dimenticare..." ci aveva riso su Margherita. "E così qui la gente beve vino e scorda i fiori, ed è per questo che ci siamo noi! Io e te. Perché se si scordano i fiori è un disastro! Poi, quando passa il vento sulla collina, si riempie delle voci scordate dei fiori e quelle arrivano in città, nella città grandi, e ispirano pensieri scordati! Tutti fuori tono. Tutti brutti! E tutto va alla rovina. È per questo che noi accordiamo i fiori! Perché le persone vedendoli belli facciano pensieri belli!"

Margherita, con le mani piccole, sfiora una calla purpurea. Le soffia sopra così che il suo fiato passi tra i petali, si colmi della sua storia e arrivi alle orecchie di Viola.

"Ma mamma! Ma dice le parolacce!"

A volte Viola sa stare al gioco come nessuno, a volte, forse, le sembra che non sia nemmeno un gioco.

"Perché è scordata! Ora la sistemiamo."

E Margherita fa scivolare sui petali un quarto di goccia di rugiada.

"Così poco?"

"Sì, a lei bastava poco, le bastava solo abbassare gli acuti. Ora è perfettamente a tono! Senti!"

E ci soffia sopra ancora. Viola si fa serissima.

"Mamma, ma tu ci credi davvero?"

"A cosa, Viola?"

"A questa storia che dici. Dei fiori scordati, dei pensieri belli che vengono solo dai fiori accordati, della rugiada... ci credi davvero?"

"Sì, ci credo."

"Ma è vero?"

"Se ci credi è vero, Viola. Se no è solo una storia."

Viola un po' ci crede. Un po' no.

Un po', soprattutto, per lei è una storia. La storia di sua madre, una storia che ancora non ha ben capito quanto possa essere anche la sua.

"Amore."

Questa è un'altra voce. Arriva improvvisa, le spaventa entrambe. Perché è una voce dura, dura come un ramo a cui una piantina può appoggiarsi nella crescita, per Viola, dura come un ramo che si spezza, per Margherita. E, soprattutto, dura solo il tempo di un istante perché nessuno l'ha sentita arrivare.

"Papà!" urla Viola contro quella voce. "Mi hai fatto spaventare!" e gli corre addosso affondando il viso nella sua pancia.

Anche Margherita si è spaventata. Non è la prima volta che appare così all'improvviso con occhi un poco assenti.

Ha un dito che le sanguina, Margherita. Per la paura ha stretto la destra attorno al gambo di una rosa da accordare. Non dice niente, ma qualcosa le resta in gola. È ancora presto per gridare. Un piccolo suono le muore alla base del collo.

Allora Viola, come a capire che deve farlo lei, guarda la sua mamma, sbircia gli occhi del suo papà. Sorride a entrambi. Come se, a riguardarli tutti, restasse solo quel sorriso. Il suo. Alle soglie della Città Grande.

5

Libero viveva nel centro della Città Grande, in un bell'appartamento tutto blu. Proprio blu. Discorso finito. Appena si supera la porta d'ingresso non si può fare altro che domandarselo: "Santo cielo, blu, ma perché?".

"Perché al negozio l'arancione era finito" risponderebbe Libero e sarebbe una risposta da non crederci, se non fosse la verità.

"Ma non potevi aspettare che rifornissero l'arancione?"

"Per farmi poi domandare: 'Arancione? Santo cielo, ma perché?'. Ho scelto il blu, è così: discorso chiuso."

Una spiegazione tutto sommato anche logica; anche sulle pareti bianche ci può esser da ridire.

Non è solo il colore della casa di Libero a sembrare sospetto, ma anche il fatto che sia tutta vuota. Vuote le stanze, vuoti gli armadietti, vuoti i ripiani e le mensole. C'era un telefono, però, un divano (blu), un televisore che lui non accendeva quasi mai se non quando aveva voglia di non sentire i suoi pensieri e una bottiglia di vino color labbra. Dentro la credenza della cucina che, per il resto, era completamente vuota.

Il vino era un Nebbiolo. Già, proprio *quel* Nebbiolo.

Quella casa sembrava ferma nell'attesa che qualcuno le desse il via, sembrava pronta a partire. Ogni tanto, Libero si sedeva nel centro del salotto – vuoto – per respirare le potenzialità di tutti quegli spazi da riempire.

Il giorno in cui, per la prima volta, si dissero qualcosa di più di "buongiorno" o "buonasera", Libero e la sua vicina si incontrarono sul pianerottolo.

Non era strano che potesse capitare, vivevano allo stesso piano della stessa palazzina nella stessa Città Grande, le porte dei loro appartamenti si fronteggiavano come fossero scelte opposte e il pianerottolo era lungo, a dir tanto, quattro metri.

Eppure fino a quella mattina era stato un evento molto raro, e da lì in poi sarebbe stato addirittura impossibile.

Libero si fermò a guardarla bene, la sua vicina. Non aveva ancora fatto in tempo a chiudere la porta, mentre Vieniquì già lo tirava verso le scale da scendere di corsa, che pensò: "Dio mio, dev'esserle capitato qualcosa di davvero terribile".

Come si chiamava? Lena. Lena, giusto. Si chiamava Lena.

Se ne stava al centro del pianerottolo e, nonostante non l'avesse mai colpito per nessun dettaglio, per nessuna stravaganza – non c'era nulla in lei che fosse davvero notevole –, quella volta aveva addosso un che di sorprendente. Era trasandata. Sembrava anche agitata, disordinata e scomposta nei movimenti: mulinava le braccia come volesse far atterrare un aereo su una pista.

Era fasciata in un paio di pantaloni neri stretti ma incapaci di modellarle le forme dei fianchi e castigata in una camicetta bianca, di bucato, con il colletto ampio. Era tutta sgualcita. Disordinata fin dalle sopracciglia, tirate sulle palpebre come righe nere a casaccio, e anche più su, nei capelli, per quanto corti e in tutta onestà molto più pratici che femminili. Quanti anni aveva? Libero non avrebbe saputo dirlo bene. Per lui era sempre stata la donna della porta a fianco, la sua vicina di casa. Niente di più. Quella a cui chiedere un po' di sale, nel caso ci si accorga di non averlo in casa. La sentì parlare rivolta a qualcuno dentro il suo appartamento.

«Grandi manovre... vedo.»

Fu allora che lei si accorse di lui.

«Oh Libero! Salve! Cercavo proprio lei!»

«Davvero? Mi aveva quasi trovato! Il piano è giusto, ma la porta è quella là...»

E indicò la sua porta d'ingresso, esattamente di fronte a quella dell'appartamento di Lena.

Lei sorrise, prese fiato, diede una carezza a Vieniquì. Il cane. Quel ragazzo le era simpatico. Lo guardò dritto negli occhi e gli lesse un poco nel pensiero (era una cosa che Lena sapeva fare benissimo).

«Non si preoccupi, non voglio incastrarla nel trasloco, ho già chi mi aiuta» e indicò dentro, i ragazzi a cui stava dando le direttive, «la cercavo solo per salutarla, per dirle che vado via. Cambio casa.»

Libero la ascoltò distratto. Non è che ne avrebbe proprio sentito la mancanza. Era una donna discreta. Silenziosa. Una vicina che non dà noie. Di cui non sapeva praticamente nulla. Nemmeno se vivesse sola o no.

«Mi fa piacere.»

«Le fa piacere che me ne vada?»

«No, no, cosa dice? Mi fa piacere che volesse salutarmi. È un pensiero gentile.»

«Oggi è una giornataccia. Praticamente sto smontando casa.» E strizzando gli occhi si passò il dorso della mano sulla fronte come se con quel gesto volesse raccontare una fatica piena di sudore. Eppure, per quanto sottosopra, Lena sembrava una di quelle donne che non possono sudare. Mai, neanche nel bel mezzo della peggiore delle fatiche. Dava l'idea di essere una di quelle persone che se cascasse il mondo sarebbero pronte a tirarlo su. Così, con un gesto solo.

E infatti, nonostante fosse stanca e indaffarata, si offrì subito di far qualcosa per Libero.

«Anzi, Libero, sa che c'è? Tanto io vado via, magari le serve qualcosa di mio! Glielo regalo volentieri! Che ne pensa, potrebbe servirle qualcosa?»

Libero scosse la testa.

«Ma no, veramente no...»

«Quelle cose che servono sempre... spugnette per lavare i piatti.»

«Non ho piatti...»

«Strofinacci per la polvere.»

«Lena grazie, ma io in casa non ho niente... non ho nemmeno la polvere.»

«Quadri? Almeno le pareti ce le avrà, no?»

«Sì, ma sono blu, le pareti, e mi piace vederle così...»

«Un aquilone.»

«Un aquilone?»

«Sì, ne ho moltissimi. Li faccio io. Servono per le giornate di vento. Sa: a volte capitano le giornate di vento...»

«Senza dubbio, ma credo di non essere molto bravo con gli aquiloni...»

«Allora, anche se non le serve nulla, mi faccia un favore. Davvero... prenda quello» e lo indicò lontano con un cenno del viso. «È solo un po' ingombrante, ma è molto bello e mi dispiace buttarlo via. Se in casa non ha niente non sarà un problema trovargli un posto, no? Al limite ci si siede sopra quando è stanco...»

Era un baule bianco, in legno, pieno di adesivi, scritte, bolli di viaggio, piccole incisioni e chiuso da un grosso lucchetto e da due cinghie di cuoio a fibbia che lo abbracciavano tutto.

«Che ne dice» continuò Lena quando capì che l'aveva visto, «è bello no? Non me lo faccia buttare, magari le serve...»

Libero non poteva nemmeno prendere come scusa il fatto di aver già chiuso a chiave la porta di casa.

Guardò dentro il proprio appartamento: quattro enormi librerie blu. Vuote. Una scaffalatura per i CD. Vuota. Sei cornici (blu) per quadri grandi come poster. Vuote. E una cuccia piena di peli, neri, buttata vicino alla finestra. Vuota anche quella.

Era tutto vuoto, come poteva dirle di no?

Tentò.

«Lena, è tutto vuoto da me...»

«Allora il baule deve prenderlo per forza! È vuoto anche lui!»

«Sì, però non me la sento... e se poi dovessi romperglielo?»

«Libero, non si preoccupi. Io volevo solo salutarla. Il baule, se lo vuole, è suo, se non lo vuole non importa. Ma non abbia paura di rompere le cose, sa? Nella vita, anche le cose migliori, quelle che sembrano andare sempre per il verso giusto, sono giuste perché qualcuno le aggiusta, continuamente. E non si potrebbe aggiustare nulla, nella vita, se prima non si fosse rotto. Lo sa? Io gli aquiloni li faccio così: con le cose rotte. E poi li faccio volare. Se non si rompesse mai nulla, non avremmo gli alberi, le farfalle, i pulcini e nemmeno...»

«E nemmeno...» disse Libero rapito.

«E nemmeno le rotte. Quelle delle navi...» scherzò Lena. «Un vero peccato, no? Non navigare mai solo perché si ha paura delle rotte...»

Libero guardò ancora una volta casa sua: non c'era nulla. Un baule vuoto, in effetti, non ci sarebbe stato poi tanto male.

Si avvicinò a Lena e per la prima volta la guardò proprio negli occhi. Quanta roba, lì dentro, pensò. Quanta roba. Ce ne sarebbe davvero molta da vedere. E allora, come un gesto che non è detto abbia una ragione, ma che sicuramente ne avrà tante, le diede un piccolo bacio. In fronte.

«E questo?» disse lei un po' arrossendo. «Lo prendo per un sì?»

«Lo prenda per un bacio» le disse Libero, prendendo il baule per le maniglie e trasportandolo in casa.

Quindi, tirato per le scale da Vieniquì che si era come magicamente svegliato, sparì.

Aveva già sceso alcune rampe quando, affacciandosi dalla ringhiera e rivolgendosi a Lena, le urlò: «Quando va via...».

«Domattina» rispose Lena piena di gratitudine.

«Arrivederci!» le disse lui.

«Addio» rispose Lena mentendo.

E poi sorrise. Come una bimba attaccata al suo aquilone.

6

Viola si alzò presto e correndo come se avesse fretta giunse alla fermata dei pullman. Senza sapere bene quello che stava facendo, salì sul primo che arrivò.

«Destinazione?» le chiese l'autista per farle il biglietto e lei indicò il cartello rosso a lettere bianche sotto lo specchietto retrovisore: "Si prega di non parlare al conducente".

Pagò il biglietto per la tratta intera senza dire una parola, ritirò il resto e si buttò a sedere in fondo, come fosse ancora in gita scolastica alle superiori, anni prima, quando sceglieva gli ultimi posti per stare il più lontano possibile dagli occhi dei professori.

Aveva addosso rabbia, uno strano distacco da ogni cosa, e, soprattutto, aveva addosso un vestitino corto e stretto sui fianchi che le arrivava appena a metà coscia. Per via di quelle gambe scoperte la si sarebbe notata, si può starne certi, ma la si sarebbe ricordata di più per quella rabbia. Fluida, incurante, rovente. Spostandosi tagliava l'aria senza sforzi, così come un sasso affonda in uno stagno.

Ormai aveva diciannove anni ed era stufa. Delle storie, di sua madre. Di Bisogno. Era stufa di avere come orizzonte un paese grande come da qui al lampione laggiù. Lei che voleva andare via, lontano.

Sedendosi si era chiusa le braccia sotto il seno, aveva strizzato gli occhi in uno sguardo burbero ed era stata lì. Ferma.

Quella mattina voleva andare lontano, solo che le forze, di

colpo, le mancarono quando si chiese, di preciso, che nome volesse dare a quella sua idea di lontano. Chi era lei, in fondo? Una che non parla al conducente perché non sa dirgli dove vuole essere condotta. Perché il difficile non è prendere e andare via. Il difficile, se vuoi lasciare tutto, è riuscire a non tornare. Mai. Nemmeno con il pensiero.

"Qual è il posto più lontano in cui sono stata felice?" si chiese mentre il pullman faceva le prime curve per scendere dalla collina. E le rispose la pancia. Con una nausea acida. Scese dopo quattro fermate, attraversò la strada d'asfalto, si sedette sulla panchina di fronte e aspettò il pullman che la riportasse indietro. A Bisogno. Alla Casa del Petalo. Se avesse fatto in fretta sua madre non si sarebbe nemmeno accorta di quella fuga, l'avrebbe trovata in cima alla collina ad accordare i fiori o a pensare a quell'altra storia che aveva in mente. No, se avesse fatto in fretta non avrebbe dovuto dare spiegazioni. Spiegazioni che tanto nemmeno aveva.

Perché era inutile: non aveva ancora nessun lontano che valesse la pena raggiungere. Sì, perché lontano, se ci pensava bene, ci era andata solo quell'estate quando era bambina, parecchi anni prima: l'estate in cui non era caduta nemmeno una goccia dal cielo e lei, preoccupata, un giorno era corsa al suo ruscello per vedere come stesse e non l'aveva più trovato.

"Papà" aveva urlato disperata tornando a casa di corsa. "Il ruscello! Il ruscello non c'è più! È andato via!"

Erano tornati insieme al vecchio ponte di legno su cui Viola saliva per veder correre il ruscello. Eccolo: era un letto secco di fango e melma, foglie marce, un odore acre d'ammoniaca. Un graffio nero nella terra. Non una goccia d'acqua. Non un filo di corrente.

"Dov'è andato, papà? Dov'è andato il mio ruscello?"

"È andato al mare, Viola" le aveva mentito più o meno il padre.

"Papà, smettila! I ruscelli non vanno al mare!"

"Certo che ci vanno, soprattutto d'estate... in vacanza" aveva inventato.

"E poi tornano?"

"Quello è più difficile... ma se vuoi possiamo andarci noi!"
"Dove?"
"Al mare!"
"A prendere il sole?"
"A prendere il sole, certo."
"E a prendere le conchiglie?"
"E a prendere le conchiglie, anche."
"E anche a prendere il ruscello?"
"E anche a prendere un gelato, perché no?"

E così era successo.

Erano andati al mare, a prendere un gelato. Ed erano stati lì fino a quando, al tramonto, il sole che si tuffava nel mare non aveva disegnato una spada d'oro che ballava sul pelo dell'acqua.

Ed era stata Viola che l'aveva detto: "Eccolo!".

Intendendo il suo ruscello.

"Avevi ragione, papà! È andato al mare!"

Ed era stata bene.

Ed era stata svelta: allungando la mano sul tavolo vicino alla cassa si era messa in tasca un bigliettino con il nome del ristorante.

Ed era stata dolce: "Si è solo seccato".

"Che cosa Viola?"

Il pullman che l'avrebbe riportata a casa arrivò a quel punto del ricordo.

"Il ruscello. Si è solo seccato di stare dove è sempre stato. Per questo è andato al mare."

La porta scorrevole, sbuffando aria calda, si aprì.

"Già" aveva chiuso il padre, "si è proprio seccato..."

E lei salì.

7

Prima di toccarlo lo guardò bene. Con lo sguardo ne passò i lati, uno per uno, poi lo fissò per qualche secondo. No, non c'erano dubbi: era un biglietto. Un biglietto da visita, per di più.

Forse c'è solo una cosa più strana di un baule che sembra il forziere delle meraviglie e invece, dentro, è completamente vuoto: un grande baule che pare il forziere delle meraviglie e dentro, invece, è completamente vuoto. Eccezion fatta per un piccolo biglietto da visita adagiato sul fondo del soffice rivestimento in velluto. A Libero scappò da ridere.

Ci sarebbe stato di tutto, là dentro, e invece non c'era niente: solo dieci centimetri per sei di cartoncino grezzo e inchiostro nero. Era come casa sua. Ci sarebbe stato tutto: c'era solo lui. E una bottiglia di Nebbiolo rosso labbra di lei. E Vieniquì, certo.

Ecco che cos'era che gli aveva lasciato Lena: un baule con dentro un biglietto.

Un baule con dentro un biglietto e una bugia.

"Lena, è tutto vuoto da me..."

"Allora il baule deve prenderlo per forza! È vuoto anche lui!"

Forse se ne era scordata. Non era tipo, Lena, da raccontare bugie.

Libero afferrò il cartoncino, se lo portò davanti al naso.

Su un lato c'era un numero di telefono, sull'altro un nome: la Locanda dell'Ultima Solitudine.

E poi:

PER SOLE DUE PERSONE

scritto appena sotto, in stampatello. Al centro. Appena prima di:

IL POSTO PIÙ BELLO DEL MONDO:
SCAVATO NELLO SCOGLIO E NEL MARE
COME UNA NAVE MANCATA.

Quindi gli orari di apertura:

SIAMO SEMPRE APERTI.
TRANNE QUANDO SIAMO CHIUSI.
PER PRENOTAZIONI CHIAMARE ORE PASTI.
NON ARRABBIATEVI SE NON RISPONDIAMO:
STIAMO MANGIANDO.

Che posto strano, pensò Libero: un posto per sole due persone.

Il baule, una luce bianca accesa dal fondale blu delle pareti, brillava come una perla in mezzo al mare.

Solo dopo averlo preso tra le dita, Libero si accorse che il biglietto era quel che restava di una lettera. Era un frammento di qualcos'altro perché in un angolo aveva un punto metallico che conservava, tra i denti, un brandello di carta. Ma ora quella lettera era svanita. Restava solo il biglietto.

Libero aveva letto il nome della Locanda, l'aveva girato e aveva mandato a memoria il numero di telefono di quel posto. Pensò che se quello era un forziere, e lo era, allora quella non poteva che essere la mappa di un tesoro. "Una volta i tesori erano cose più complicate da trovare, oggi hanno i biglietti da visita." Sì, pensò così. "Certi tesori si fanno pubblicità. E certi forzieri te li consegnano a casa. Strano, no?"

Una locanda per sole due persone. Una frase che, a voler fare del disordine, si potrebbe leggere anche come: una locanda per due persone sole.

Era la stessa cosa, tutto sommato. Se la solitudine fosse matematica, cambiando l'ordine dei fattori il risultato non cambierebbe. Ma forse, pensò Libero, la solitudine non è matematica. Forse non è solo questione di metà da trovare, è di più; forse uno più uno, a volte, fa due davvero, ma uno si sente solo lo stesso. A essere una parte di quel due.

Sulla teoria era bravo. E andò avanti così, a ragionare sul nulla, finché non gli venne quell'idea.

"Forse la solitudine non è matematica: è sorte. Sì" pensò alla sua vita, "uno per non essere solo deve essere fortunato, tutto qui."

Non aveva nessuno con cui cenare alla Locanda dell'Ultima Solitudine e quello era un posto in cui si poteva andare solo in due. Ma era certo, lo sapeva nel fondo del proprio sapere, era certo che lei, *lei*, sarebbe arrivata. Ed era con lei che lui desiderava andare nel "posto più bello del mondo: scavato nello scoglio e nel mare come una nave mancata".

Avrebbe rischiato la sorte. Decise che se fosse uscita la faccia con il numero di telefono avrebbe telefonato, se no niente.

È questione di sorte, la solitudine, no?

Appoggiò il bigliettino della Locanda sull'indice piatto e piegato a uncino della mano destra, ci infilò sotto il pollice e gli diede un colpo secco, da sotto, che lo fece ruotare nell'aria come un petalo, un fiocco di neve, una moneta da testa o croce.

Il bigliettino si posò a terra.

Sappiamo già com'è andata a finire questa storia, no? Sappiamo già tutti come vanno sempre a finire queste cose. Aveva lanciato il bigliettino ed era uscita la faccia che gli diceva di non chiamare. Glielo aveva detto chiaro.

"E se non fosse sorte, la solitudine? E se non fosse nemmeno matematica? E se fosse, invece, una scommessa?"

E così, nonostante tutto, chiamò.

La Locanda dell'Ultima Solitudine. Il giorno in cui aprì il baule. Il 17 luglio del 2007.

Quando questa storia, in realtà, stavamo ancora aspettando che iniziasse.

8

Margherita, a dire il vero, non è che non lo sapesse come va la vita, è che si era illusa, chissà perché, che potesse andare sempre bene.

In realtà lo sapeva benissimo che, se tutto le fosse andato sempre solo seguendo i piani, allora lei sarebbe stata un ascensore, mica una donna. Non è che va tutto in ordine, e se non va in alto va in basso... A volte non va proprio. A volte invece va, ma non sai dove. Il problema non era nemmeno Viola: lei era giovane, selvaggia, ma era comunque un fiore. Aveva radici. E quelle ti salvano, anche quando ti sembra che siano solo un inutile legame. E comunque sono qualcosa che c'è. Il problema non è quasi mai qualcosa che c'è. Perché, se c'è, ti ci metti lì e, bene o male, qualcosa risolvi. Il problema è il non poter risolvere qualcosa che non c'è. Perché non c'è. E a quel punto non sai come fare.

Forse il problema vero, intuiva Margherita, è che, a volte, accordare i fiori non basta.

È tutto quello che ha imparato a fare, è tutto quello che si è sempre illusa potesse bastare per essere felice e per far felici gli altri. Così come era stato per sua madre, sua nonna e tutte le donne che l'avevano preceduta.

Certo però la vita, poi, fa quel che vuole. Non è un ascensore, sembra più la scala di un pollaio. Corta. E piena di polli.

Una volta Margherita accordava i fiori. E pregava, pregava, pregava. Pregava per tutti, e pregava per lui, suo marito, che tirava sempre fuori quella storia così cupa che le sembrava una bestemmia. E allora pregava e pregava e pregava. E non era cambiato nulla. Non aveva fatto del bene a nessuno, finché quell'uomo, suo marito, quella cosa assurda non l'aveva fatta davvero e sua figlia, Viola, era diventata selvatica come un rovo infestante. Da quando aveva iniziato a confessarsi, poi, le cose erano solo peggiorate. Qualcosa evidentemente non andava. Qualcosa evidentemente non riusciva a capirlo bene. Qualcosa non funzionava più.

Il primo urletto, la prima volta che urlò davvero, che non strangolò quel desiderio, capitò lì. In confessionale. Dentro la chiesa di San Rocco, la chiesa di Bisogno.

«Margherita, mi dica, che peccati vuole confessare...»

«Don Alberto, però, mi scusi, con chi devo pentirmi dei miei peccati, con lei o con Dio?»

«Con Dio, Margherita!»

«E ALLORA LE SPIACEREBBE CHIAMARMELO?! AVREI PROPRIO DUE COSE DA DIRGLI!»

Don Alberto si era fatto trasferire.

«Aggredito da una Margherita» chiosò il vescovo leggendo le motivazioni della richiesta di trasferimento e scegliendo il sostituto da mandare in quel paese.

«Il mondo è pieno di pazzi.» E fece chiamare quel prete giovane, quello che andava sistemato in un posto così. Pieno di pazzi.

Margherita, però, urlando, aveva cominciato a stare meglio.

9

Un urlo.

«Vieniquì!»

Alla periferia della Città Grande, dove la città finisce quasi di colpo in sterminati campi di mais nemmeno si fosse arrivati nelle pianure americane, ora c'è un cane nero che corre esattamente nella direzione opposta al punto da cui è partito questo grido.

«Vieniquì!»

Questo è un altro urlo. Ma la voce è la stessa. E anche il punto da cui è partito è sempre lo stesso: la gola di Libero.

Non c'è nulla da fare, Libero può sgolarsi fin che vuole, ma Vieniquì, quando da quegli steli verdi e altissimi, fitti come la notte, sente la presenza di un coniglio, di una lepre o anche solo di un topaccio, corre come il vento. E non ubbidisce a nulla che non sia la propria voglia di correre.

Vieniquì ha dentro un cane da caccia, di sicuro, e poi un miscuglio di razze imprecisate che ha reso il suo pelo come quei disegni colorati dai bimbi quando usano sullo stesso punto tutti i colori che hanno: nerissimo.

Libero, quel cane tutto strano, l'aveva trovato una volta che, tanto per passeggiare, era andato proprio dove è ora, fino ai confini della Città Grande, là dove ci sono pannocchie fino a perdersi. E poi iniziano le colline. Quella muraglia verde l'aveva sempre contenuto come fosse un confino oltre il quale non si era mai sentito di andare.

L'aveva visto aggirarsi per quelle zone già altre volte, ma aveva sempre pensato fosse di qualche casina dei dintorni e non gli si era mai avvicinato. Finché un giorno, quando lo vide spuntare dalle canne di mais, per giocare gli disse solo: "Vieniquì!" e quello corse da lui così velocemente che Libero, quando se lo trovò addosso a fargli le feste, non ebbe nemmeno il tempo di pensare "Chissà di chi è" o "chissà come si chiama" che il cane era diventato suo e il nome era rimasto quello a cui, almeno la prima volta, aveva sembrato ubbidire: Vieniquì.

Se avesse avuto il tempo di ragionarci lo avrebbe chiamato Bau, perché gli sarebbe piaciuto che il suo fosse l'unico cane al mondo capace di pronunciare il proprio nome. E poi Vieniquì, quando ci aveva pensato meglio, gli era sembrato un nome fin troppo pieno d'ansia e di comando per uno che amava le attese come lui. Ma era andata così. Anche lui si chiamava Libero per caso, e comunque non era male perché quel nome viveva di un segreto che solo lui conosceva bene: solo lui sapeva chiamarlo davvero "Vieniquì"; tutti gli altri lo chiamavano male, lo pronunciavano "Vieni qui!" e lui, il cane, non aveva orecchie per chi nemmeno sapeva chiamarlo. Perché sembra poco, ma è un guaio se sbagli il nome delle cose con cui scegli di vivere. Erano una bella coppia, Libero e Vieniquì. Libero gli aveva aperto le porte della casa tutta blu e lui l'aveva trovata comoda. Si erano piaciuti. E se Vieniquì non avesse avuto quel difetto, lui e Libero sarebbero stati davvero indivisibili. Solo che Vieniquì un difetto l'aveva davvero.

Abbaiava molto forte? No, no.

Rincorreva i gatti? Quasi mai.

Ululava alla luna poesie d'amore nelle notti di mezza estate? Non esageriamo, è un cane. E fa tutte le cose che fanno i cani. Corre, fa le feste, mangia, abbaia, dorme per pomeriggi e poi si stiracchia, al risveglio, tirando fuori una lingua lunga e conca che sembra il mestolo del minestrone e fa gli occhi che sembra triste solo perché vuole i massaggi vicino alla coda.

Tutte cose normali. Tranne una: quando vuole, basta chiudere un attimo gli occhi o distrarsi, e lui sparisce.

"Io lo so che è strano" spiega Libero alla gente "ma è proprio così: *puff*! E sparisce!"
"Ma i cani non spariscono, scappano!" si affanna a spiegargli la gente.
"Forse la pipì scappa" ribatte Libero con aria stizzita, "ma Vieniquì è tutt'altra cosa: sparisce!"

«Vieniquì!»
Libero urla ancora.
Il vento passa tra il mais, lo muove tutto come fosse il mare, come fossero onde. Come fosse un cieco che non vede nulla perché tutto gli è sparito. Persino la vista. Persino il cane.

10

«Eccoti qui!» urlò fortissimo. «ECCO DOV'ERI!» riuscì a urlare ancora più forte.

«Mamma, ti prego, non urlare...»

«Ma urla anche tu, piuttosto! Tutti urleremo: LA GENTE COMINCERÀ A URLARE! A URLARE! Avete sentito? C'è chi ha già cominciato.»

Quindi aveva preso un gran respiro e poi si era lasciata andare a un: «E URLANDO STARÀ MEGLIO» come a sgonfiarsi di tutto.

La voce è quella di Margherita. Il volume quello di un'esplosione. Altro che l'urletto che le era scappato davanti a don Alberto e che l'aveva fatto scappare. Aveva fatto progressi!

Di fronte a sé, ancora davanti alla porta del pullman, Viola la guardava come si guardano le persone che si preferirebbe non vedere. Non in quel momento, almeno.

«Mamma non sono nemmeno tornata a casa, evitami le scene che spiegano a tutti la ragione per cui me ne sono andata...»

«Perché non vuoi urlare?»

«No: perché SEI PAZZA» urlò.

E scostandola si era incamminata verso casa loro. La Casa del Petalo.

«Viola, ascoltami» Margherita la inseguì e la fermò mettendole una mano sulla spalla. «Altro che pazza! I pazzi non sono quelli che urlano, sono quelli che hanno qualcosa da urlare e invece stanno zitti! Questa è follia! Te lo dico io! Vedrai invece che quando la gente tornerà a urlare, quando tutti urleranno, quando l'urlo aiuterà tutti a star bene, noi torneremo anche a essere felici. E io, per di più, diventerò pure ricca.»

«Ti metterai a vendere tappi per le orecchie?»

E si scrollò dalla spalla la mano della madre, riprendendo a camminare. Se non avesse avuto la gonna così corta si sarebbe messa a correre.

«Sarò ricca, Viola. E saranno ricche anche le persone che avranno imparato a urlare.»

Questa delle urla era la storia più recente tra quelle con cui Margherita immaginava di fare cose buone.

Le era venuta quell'idea per colmare il vuoto che si sentiva addosso da quando lei e Viola erano rimaste sole nella grande Casa del Petalo.

Avrebbe affittato le stanze della casa, a tariffe orarie, alle persone che avevano un dolore dentro e avevano bisogno di urlarlo. Ma che non sapevano dove farlo. O che non sapevano che si può fare. Come aveva fatto a non pensarci prima? Stanze dalle pareti bianche, con una poltrona al centro, un quaderno, una penna e un leggio. Per prendere appunti. E una bottiglia d'acqua casomai si seccasse la gola. Con l'assoluta libertà di gridare qualsiasi dolore facesse male all'anima.

Aveva messo anche degli annunci sui giornali: "L'immobile è insonorizzato, gridate quanto volete. Vedrete, e sentirete, che vi farà bene".

La gente deve gridare, deve gridare! Deve gridare a ogni costo e Margherita gliene avrebbe dato uno. Quattro stanze singole e una doppia, per le coppie che avevano qualcosa da dirsi e vicini pettegoli.

Discrezione totale, perché come si urlava a Bisogno, non si urlava da nessuna parte.

E ampio parcheggio, che tanto nel loro paesino in cima alla collina non veniva mai nessuno se non per la vendemmia.

Non era l'unico servizio che la casa di Margherita avrebbe offerto: il mercoledì avrebbe organizzato anche un corso per imparare a piangere. Il primo livello era facile, si usavano le cipolle, ma poi bisognava fare tutto senza aiuto.

Il giovedì sera, invece, sarebbe stato dedicato alla paura. Imparare ad avere paura. Con prova pratica.

«Vedi, Viola» le spiegava Margherita, «la gente non sa avere paura. Tutte le volte che hanno paura, le persone si spaventano. E non sanno cosa fare. E invece è così facile vivere bene la sofferenza e il dolore: basta stare male! Che ci vuole?»

Viola la ascoltava distratta, la considerava un po' pazza, sua madre, e spesso la prendeva anche in giro.

A un certo punto Margherita la superò e le si piazzò davanti con una di quelle domande dalle quali non si può fuggire:

«Viola, ma cosa ti sei messa in testa? Perché vuoi andare via da qui? Da che cosa stai scappando?»

«E tu, mamma? Con tutte queste palle che ti racconti da che cosa ti stai nascondendo?»

«La tua casa è questa, Viola, la Bianca Casa del Petalo! Ci sono tutti i fiori scordati della collina di Bisogno da curare, che vogliamo farne? E poi ci sono i clienti. Se vai via tu chi mi dà una mano con le prenotazioni per la casa per urlare? Presto ce ne saranno molte, moltissime! Tutti vorranno urlare per Bisogno! Come faccio io, da sola, con tutta la gente che verrà qua per gridare in pace se tu vai via? E come faccio con i fiori da accordare?»

Viola non rispose più nulla.

Stava per dirle qualcosa, quando un ragazzo seduto poco prima sul suo stesso pullman a qualche posto di distanza dal suo – l'aveva notato per il cappello – si avvicinò a loro due facendo cenno con la mano destra e l'indice e il medio teso verso il cielo in segno d'attenzione, come dovesse benedirle, o chiedere qualcosa.

«E lei chi diavolo è?!» Viola gli scaricò in faccia tutta la sua rabbia.

«Don Piter.»

«Oh mio Dio!» si vergognò Margherita.

«Oh no, non esageriamo: sono solo il parroco. Il nuovo parroco. Il vescovo mi aveva avvisato che qui urlano in faccia ai preti... Il pullman però mi ha lasciato qui e mi chiedevo dove fosse la chiesa di Bisogno. Non la vedo da nessuna parte.»

Un prete. Il nuovo parroco.

Viola sbatté le ciglia.

Non disse niente.

Con le mani si stirò l'orlo della gonna corta, lo fece aderire alle cosce.

"Che gesto pieno di pudore" pensò Margherita, che a certe cose comunque teneva ancora.

"Che stia ben giù" pensò Viola, già pentita di essere tornata.

Solo un istante prima di cominciare a correre.

11

La più clamorosa sparizione di Vieniquì capitò di giovedì. E cominciò con una domanda:

«Ma lei che cosa intende esattamente per sparito?»

Libero se ne stava, infreddolito e fradicio di pioggia, davanti al capitano della polizia della Città Grande. Fuori pioveva da qualche ora e lui, dopo aver girovagato per la città in cerca di Vieniquì, per disperazione si era deciso ad andare al comando di polizia. Ansimando per la corsa aveva detto che era urgente e si era fatto aprire nonostante l'ora tarda. Quindi, con calma, bagnato che lasciava pozze d'acqua sotto di sé, aveva spiegato che era lì per una denuncia: di sparizione.

«Sparizione?»

«Sparizione» aveva confermato dando il giusto peso a ogni sillaba.

Gli agenti, più per divertirsi che per altro, l'avevano mandato a parlare con il capitano. In caso di sciocchezza, lui avrebbe mandato via quel tale con i riccioli rossi con grande autorità; e in caso di questione seria, invece, avrebbe subito preso dei provvedimenti.

E il primo provvedimento che prese, il capitano, fu farsi spiegare bene la questione.

«Ma lei che cosa intende esattamente per "sparito"? Furto? Fuga? Rapimento? Decesso?»

«Intendo proprio sparito.»

«Tipo... *puff*» e dicendolo, il capitano raggrumò le dita di entrambe le mani in un unico punto a pochi centimetri dagli occhi di Libero. Poi, abbinando al gesto un sorriso strano e una vocina acuta, come in una piccola esplosione, allargò dita e braccia mostrando i palmi delle mani vuoti. Libero fu sorpreso da una così profonda abilità di sintesi.

«*Puff*» ripeté serio. «Esattamente: *puff*...»

Il capitano stava cominciando a innervosirsi. Inclinò la testa. Chiuse gli occhi a fessura. Ora l'avrebbe messo alle strette.

«Vuole darmi per favore le generalità dello scomparso?»

«Vieniquì.»

Il capitano si avvicinò come a ricevere una confidenza.

«Vieniquì, Vieniquì!» ripeté Libero e si avvicinò ancora, il capitano, porgendo l'orecchio sinistro, quello buono, e aspettando, in un sussurro, il nome in questione.

Rimase così fermo per un po'. Poi cominciò a capire che qualcosa non stava funzionando. Si rimise composto.

«Quindi?» disse spazientito

«Quindi è Vieniquì. Il mio cane. È sparito. Ed è sparito perché Vieniquì è un cane che sparisce.»

«Ah, sparisce! E che vogliamo fare, allora? Stiliamo un verbale e attiviamo tutte le volanti per la ricerca di un cane?»

«Sì: credo sia l'unico modo. La città è grande, o facciamo così o sarà impossibile trovarlo in questa notte di pioggia.»

«Certo! E scriviamolo subito questo mandato di cattura! Data: oggi giovedì...»

«Mercoledì» corresse Libero interrompendo subito. «Oggi è mercoledì» disse ancora.

«Giovedì» confermò invece il capitano. E mostrò a Libero il proprio orologio da polso. Un Casio anni Ottanta, di quelli neri, con i numeri digitali in nero su sfondo ocra e i due puntini a dividere lampeggiando le ore dai minuti.

Libero lo guardò bene, era passata la mezzanotte da quindici minuti.

«È giovedì!» disse Libero. «È giovedì!»

«È giovedì, esatto... e quindi?»

«E quindi... questo significa che... che Vieniquì è sparito da ieri. Vieniquì non è mai sparito per così tanto tempo. Mai per più di un giorno.»

Forse il capitano si intenerì.

Quel ragazzo era bagnato fradicio. E aveva perso il proprio cane. E pure la cognizione del tempo.

«Vada a casa. I cani sono straordinari, sa? Magari quando torna lo trova già lì ad aspettarla fuori dalla porta.»

«Lo pensa davvero?»

Non ebbe cuore di dirgli di no. Si inventò una storiella.

«È giovedì. Si ricordi bene: le cose più strane» disse pensando a quel ragazzo «capitano sempre il giovedì. Perché il giovedì è un giorno sospeso. È il giorno in cui la settimana ha smesso di iniziare ma non ha ancora iniziato a finire. È il giorno giusto. Per tutte le cose sospese.»

Poi lo fece accompagnare a casa in automobile da una recluta.

Quindi, Libero, seduto sul gradino del proprio portone di casa, come se l'attesa non gli costasse nulla, come se la pioggia non gli pesasse nemmeno sui vestiti zuppi, decise che nell'attesa di Vieniquì, per far passare il tempo, l'avrebbe immaginata ancora un po'. Lei.

Con le labbra rosse come il Nebbiolo che aveva scelto da bere con lei, con il collo bello, capace di raccogliere i suoi baci in collezioni infinite. Con i capelli che solo il vento li sa pettinare bene e con i piedi capaci di fare passi enormi. Anche nel loro restar fermi. Protesi sulle punte, per permettere alle labbra di arrivare alle sue.

I piedi. Che quando al risveglio bucheranno il lenzuolo gli chiederà se non saranno già stanchi, per averli fatti passeggiare nei suoi sogni tutta la notte.

Sì. Ne era certo. Un giorno lei sarebbe arrivata.

Magari un giovedì. Magari uno di pioggia. Magari apparendo come solo Vieniquì sapeva fare.

E fu allora che gli scappò un sorriso.

E fu allora che, in fondo alla via, tra le nuvole che avevano smesso di piovere, lo vide comparire per davvero: il sole di quel giovedì che cominciava ad albeggiare.

12

"C'era una volta..."

"Ma perché una volta sola?"

Viola interruppe subito. Aveva sette anni ai tempi in cui tutto sembrava perfetto nella Casa del Petalo. Quando era sua madre a metterla a dormire, le toccava star seduta sul bordo del letto minuti interminabili per farsi sistemare i capelli neri, lunghi, e sopportare la tortura dei nodi divorati dalla spazzola.

Quando la metteva a letto papà, invece, ascoltava la storia del cane Nero. E cercava di interromperla il più spesso possibile. Perché non finisse mai.

"Ma perché una volta sola? Io vorrei che ci fosse tutte le volte! Non solo una!"

E così, quella sera, quella che rimase famosa per sempre, papà ricominciò.

"Hai ragione. Dunque, ricominciamo: c'era tutte le volte un cane bianco che si chiamava Nero."

"Che buffo..."

"Il colore o il nome?"

"Tu. Fai sempre quegli occhi grandi quando racconti le storie... come vedessi chissà cosa."

"E qui c'è molto da vedere perché Nero, il cane bianco, non era un cane normale: era il cane di un mago che di lavoro faceva il prestigiatore."

"Sai che fatica..."

"Viola, fai la brava, trovare lavoro oggi è difficile per tutti, anche se sei un mago, ognuno fa quel che può!"

Quindi, facendole cenno di non interrompere più, continuò.

"Quel Mago, con Nero, il cane bianco, girava i più importanti teatri del mondo, ogni giorno un teatro nuovo. Saliva sul palco vestito di bianco, copriva Nero, il cane bianco, con un telo nero, pronunciava quattro parole di magia bianca e poi sollevava di colpo il telo nero e quello bianco, il cane Nero, era sparito. *Puff*... sparito. E tutte le volte che faceva quel numero lì, tutte le volte che faceva quel *puff*... il pubblico impazziva! E faceva crollare il teatro dagli applausi."

"Ed è per quello che il giorno dopo doveva cambiare teatro?"

"Perché?"

"Perché lo faceva crollare, il teatro. Dagli applausi."

Risero insieme. Ridevano sempre. E quell'incisivo che le mancava là davanti, a Viola, faceva ridere il suo papà ancora di più. Poi Viola diventava curiosa. Tutte le volte.

"Papà, ma come faceva il Mago?"

"A ricostruire i teatri?"

"Ma no! A far sparire il cane."

"È questo il bello, Viola: il Mago mica lo sapeva. Mica lo sapeva il Mago come funzionava quel numero lì; era il cane che era magico e sapeva sparire tutte le volte che bisognava sparire! Si erano solo messi d'accordo! Il Mago, con tutta la tristezza del mondo, agli amici la storia la raccontava così: 'Io come mago sono un cane; è il cane che come illusionista è un mago'."

Risero insieme, ancora. L'ultima battuta era nuova. L'aveva inventata quella sera.

"E ogni spettacolo così: via il telo e Nero spariva dal palco al momento giusto per ricomparire, a fine serata, nell'appartamento del Mago. Qualche volta, mentre lo aspettava, cucinava pure. Magari non tutte le portate erano straordinarie, aveva il problema del pollice opponibile, è vero, ma s'impegnava. Non era nemmeno tanto male, di solito le ricette gli venivano bene. Ricette facili, è ovvio, perché è chiaro, quando faceva la maionese impazziva. Ma lui, eh, il cane,

Nero, mica la maionese; la maionese era buonissima, la migliore maionese del mondo, era Nero che dava fuori di testa quando faceva la maionese e se la prendeva con il suo pollice non opponibile. 'Opponiti, maledetto, opponiti' gli urlava. È che il pollice non sapeva a cosa doveva opporsi e stava lì sulle sue. Litigavano furiosamente lui e il pollice: 'Opponiti, disgraziato, opponiti!'. Poi si metteva in mezzo il dito medio e Nero si offendeva, diventava bianco, o meglio era già bianco, ma impallidiva lo stesso, finché poi, ritrovando il senno, si guardava le zampe sporche di uova, olio e limone e diceva: 'Che poi, io, mica ho i pollici...'. 'E nemmeno so parlare...' aggiungeva in silenzio. Ma il bello è che Nero, il cane bianco, e il Mago, l'illusionista che si illudeva di essere un mago, erano una gran coppia: Nero un padrone così buono come il Mago non l'aveva mai trovato. E dire che ne aveva già divorati altri tre. E sempre con la maionese."

La storia finiva così tutte le volte. Era il gran finale.

Viola a quel punto lasciava cadere le palpebre come fossero il sipario, lasciava scivolare la testa tutta spettinata sul cuscino e, senza forza, si addormentava.

Nessuno le avrebbe mai potuto raccontare la storia del cane Nero così bene come faceva il suo papà.

Ed era per questo che lei lo amava tanto, per le storie che sapeva donarle. Per la fantasia. Per come accarezzava la sua anima arrivando al centro piccolo di quel suo essere bimba. Per sempre.

Capitava così, una sera sì una sera no, e nessuno poteva pensare che le cose sarebbero mai andate diversamente.

La sera della disgrazia, però, il padre di Viola, alla fine della storia, aspettò che sua figlia si addormentasse bene; e quando fu sicuro che nessuno potesse vederlo fece quella cosa strana. Imprevista. Dolorosa. Assurda.

Infilò le dita appena sotto l'ascella sinistra e strinse forte la mano. Sigillò gli occhi come a tenere tutto dentro. Ma qualcosa uscì lo stesso. Insieme a un dolore mai sentito prima.

Una nota insopportabile.

"Sto morendo, Viola. E non voglio che tu lo veda. Perché

non è morire che mi spaventa, è che tu mi veda morire che mi terrorizza. E io non voglio che tu lo veda mai."

Viola aveva già chiuso gli occhi. Quella frase sussurrata non la sentì nessuno. Dentro la mano, sotto l'ascella, il cuore dell'uomo si agitava come un pulcino.

Poi il leggero sospiro della porta, il singhiozzo della serratura che si chiudeva, la lama di luce sotto la porta che rientrava nel fodero della notte. I passi di suo padre che si allontanavano verso la luna: un boccino color latte a cui puntare nel gioco delle bocce. Nessuno oltre a lui vide né sentì nulla di tutto questo.

"Vedere un padre che muore" pensò per ragioni tutte sue "è peggio che saperlo vivo in un altrove di rabbioso abbandono."

E raccontandosi questa storia, lui, per sempre, le lasciò sole.

13

Da quando Vieniquì era sparito, Libero aveva l'impressione che qualcosa lo infastidisse, anche se non sapeva cosa.

Dapprima aveva pensato che fosse il sonno: aveva sonno, ecco cosa non andava. Aveva passato giorni a dormire più del solito, ma al risveglio, tutte le volte, si trovava più di malumore di quando si era messo a letto.

Poi aveva immaginato che fosse l'appetito: ma certo, aveva fame! Ecco cosa non andava! Dormiva troppo, mangiava poco. E allora prese a mangiare di più, nella sua cucina tutta blu. Due scatolette di tonno, un pacchetto di cracker. Dell'acqua del rubinetto, bevuta direttamente dal lavandino.

No, aveva ancora qualcosa. Non aveva sonno, non aveva fame. E non aveva Vieniquì. Ecco cosa aveva che lo disturbava: un'assenza. E le assenze non vanno da nessuna parte perché nemmeno ci sono. E allora hai voglia a cacciarle...

Un'assenza non ha gambe per andarsene e non ha orecchie per sentire i tuoi "Ritorna!". Ecco perché è così difficile conviverci, con un'assenza. C'è, ed è come se non ci fosse.

Ogni tanto guardava il baule. Era là, esattamente dove l'aveva messo. Esattamente nel punto in cui a Vieniquì piaceva appoggiare la testa.

In quella settimana senza il suo cane – erano già passati sette giorni – l'aveva cercato ovunque, nei vicoli, per strada, in piazza, l'aveva chiamato a squarciagola per tutte le vie del centro della Città Grande, ogni giorno, ma nulla. Era tornato ai confini, dove c'è il mais, là dove oltre non era mai andato, come fosse una barriera invalicabile, ma non l'aveva trovato. Da nessuna parte. Sparito.

Cercò di illudersi che, in fondo, Vieniquì sapesse il fatto suo. Doveva solo aspettare, come sempre. E tutto si sarebbe sistemato. Come la cicatrice sul mento, pensò grattandosi la barba, doveva solo attendere. E lui delle attese sapeva tutto, no?

Certo, solo che quella era un'attesa diversa. Non era attendere qualcosa che si stava aspettando, era immaginare il ritorno di qualcosa che si era perso. Come per l'amore: la cosa peggiore non è non essere amati, è non essere amati più. Dopo esserlo stati.

"Sì, però la vita non è mica fatta solo di cose brutte, no? Ad esempio" pensò Libero lasciandosi cadere sul divano blu "vediamo nel mondo che succede..."

E accese la televisione.

"Tutto ciò causa l'incremento del tasso di disoccupazione. Quella giovanile supera il 30%... e alla domanda: 'Cosa dobbiamo aspettarci?' gli analisti rispondono sicuri: 'Il peggio'."

"E adesso mambo!" (Parte un trenino di ballerine in perizoma brasiliano. Il conduttore è un cicciottello basso con la faccia abbronzata. Alla fine del balletto dice una cosa incomprensibile che può essere intesa come: "consigli per gli acquisti".)

Certe volte il mondo è così brutto che non capisci se quello è un modo per starti vicino, per farti vedere che non sei l'unico a passare dei guai, o perché vuole solo dimostrarti che ne fai parte. Del mondo. E di un mondo di guai.

Sarebbe stato meglio spegnere. Schiacciare tutto sotto la volontà di non pensarci più, schiacciare il tasto rosso del telecomando e poi, magari, schiacciare anche un pisolino. E ritrovare lì, nei sogni, la forza di credere che ogni cosa basti aspettarla, perché alla fine arrivi. Di colpo però Libero cambiò idea e schiacciò il tasto 52. Canale 52: Tele Città Grande.

Quella era una rete locale, era difficile che lì trasmettessero notizie di un qualche interesse, però almeno non dicevano mai nulla di male. Era la rete perfetta in cui impigliarsi.

E infatti, in diretta, andavano le immagini di qualcosa che stava capitando in piazza. Nella piazza della Città Grande. Proprio in quel momento. Un comizio. Sì, era un comizio.

Era inquadrata tanta gente che batteva le mani, con convinzione, a un tale che parlava da un palchetto, dietro un podio in legno, nemmeno fossero i comizi delle presidenziali americane.

Era il sindaco della Città Grande. Tutto quel che Libero vedeva in televisione avveniva poco distante da lui. Il capitano della polizia a cui aveva tentato di denunciare la sparizione di Vieniquì era lì a fare da scorta al sindaco. Poi il cameraman, probabilmente per la noia che lo assaliva, era andato a cercare un dettaglio del pubblico. E aveva stretto l'inquadratura su qualcosa di nero. Di peloso. Di irrequieto. Libero si protese in avanti verso lo schermo arrivando col naso a pochi centimetri dal vetro. Sentiva l'elettricità statica dello schermo solleticargli i capelli, tanto era vicino.

E fu a quel punto che in TV, in primo piano, tenuto al guinzaglio da una ragazza bellissima, apparve Vieniquì.

Tirava come volesse scappare, ma lei riusciva a trattenerlo con una forza inspiegabile, senza nemmeno scomporsi: come fosse magnetica.

«Eccolo lì» disse Libero come davanti a un'apparizione. Si alzò di scatto, saltò di gioia. Quel chiacchierone del sindaco stava ancora parlando. E sicuramente avrebbe continuato a farlo per un sacco di tempo. E se quella ragazza, quella che teneva al guinzaglio Vieniquì, era lì per ascoltarlo, allora non si sarebbe mossa finché il discorso non fosse terminato. Aveva tempo e sapeva cosa fare, quando farlo e dove farlo. Doveva solo farlo. E così, tutto rinvigorito da un'energia recuperata chissà dove, corse a farlo.

14

Quando si accorsero di quel che era successo, ormai erano trascorsi tre giorni.

E tre giorni sono tanti, certa gente fa in tempo a morirci e risorgere, in tre giorni, e allora chissà quel matto di papà cosa poteva aver fatto.

"Magari è andato a prendere un pacchetto di sigarette."

"Papà non fuma."

"Magari le ha comprate, vuole imparare a fumare bene prima di tornare a casa per non fare la figura dell'improvvisato davanti a tutto il paese, di quello che alla sua età non sa nemmeno fumare. E per imparare, tre giorni, ci vogliono tutti. Non credi?"

E Viola no, cominciava a non crederci più.

E allora Margherita ci riprovava. "Oppure magari..." e inventava un'altra spiegazione per tranquillizzare sua figlia. E quando le spiegazioni sembravano tutte finite, Margherita buttava lì sempre lo stesso, ultimo, *oppure magari*: "Oppure magari è solo che tra un minuto arriva".

E così i minuti prima di quello in cui sarebbe arrivato si erano fatti tre giorni.

Per tre giorni, Viola e Margherita non si erano preoccupate più di tanto.

Certo, il padre di Viola e il marito di Margherita, non casualmente la medesima persona, non si trovava più. Ma questo non significava niente: avevano mille spiegazioni credibili per ogni singolo possibile dubbio. E un paio, pure, di incredibili. Di spiegazioni, certo, ma anche di dubbi.

Finché, al terzo giorno, era rimasta da accordare solo la menta. L'avevano lasciata per ultima.

Fu lì che si alzò il vento.

Come un sasso che sfonda la vetrata di una chiesa crollò il loro mosaico di giustificazioni. Tutto in un momento.

E Viola parlò.

"Papà è fuggito" disse.

"Ci ha abbandonato" aggiunse.

"È scappato" urlò.

"Per sempre" pianse.

"Tornerà" si mentì Margherita che forse già lo sapeva.

"No e lo sai" la zittì Viola. "Hai sentito cosa ha detto la menta?"

Il vento aveva investito un cespuglio grande e profumato, con rami e fiori di menta, grandi come è difficile vederne.

"Viola, è per questo che va accordata ogni giorno! La menta è la peggiore delle bugiarde! Non c'è mai stata una sola volta in cui abbia detto la verità! Non credere a una parola di quello che dice!"

"Appunto."

"Appunto che?"

"Ha detto che tornerà. Di non piangere perché tornerà..."

La menta.

Uno ci può credere o no che i fiori abbiano una voce e un suono quando il vento li attraversa.

Uno può decidere, a guardarla, che una calla purpurea non gli dica nulla e tirar dritto senza stare ad ascoltarla, o che un girasole non conosca nessuna storia, o che un tulipano non abbia da raccontare avventure, balli col vento, duelli e corteggiamenti con le api, lotte coi ragni scalatori.

E uno può crederci o no che la menta non sia la più bugiarda delle piante. E poi ci sono Viola e Margherita che la storia la sanno da quando era stata nonna Ciclamina a raccontarla.

"Vedi, Viola, bisogna stare molto attente alla menta. La menta è una bugiarda. Devi vederla: lei attecchisce ovunque, come la menzogna, e non c'è terreno brullo o scarno che lei non sappia invadere. Nessuna pianta sopravvivrebbe in quel terreno, e invece sai lei che fa? Fiorisce! Infesta! Sboccia in cespugli enormi e profumati che fan venir voglia agli altri fiori di andare a piantarsi vicino a lei, perché credono che quello sia un terreno buono. E invece non lo è. È il terreno della menzogna. E chi va a piantarsi lì muore. Solo la menta sopravvive. Bisogna accordarla sempre, tutti i giorni, o lei spargerà menzogne per Bisogno!"

Quella fiaba la conoscevano entrambe.

Dopo averla ricordata non si dissero più nulla. Per altri tre giorni.

Poi, con occhi appassiti dalle lacrime, Margherita portò Viola sotto le stelle di una notte che le era andata a finire anche dentro macchiandola tutta. Dalle pupille in giù.

Parlarono per tutti quei giorni in cui non si erano dette nulla.

Parlarono di come si accordano i fiori, delle loro voci, del tempo, del fatto che forse, stare lì, non aveva più alcun senso. Senza papà.

E poi, lentamente, come un cubetto di ghiaccio che si scioglie nel whisky e fa tutte quelle capriole di nuvole e volute, si lasciarono andare l'una all'altra.

"Torneremo mai a sorridere in questa casa? E saremo ancora una famiglia?"

"Un fiore resta un fiore anche se non ha più un petalo. Bisogna accordarsi su altri toni, magari anche solo per un po'. Ma le radici non si perdono."

"E credi che si saprà?"

"Bisogno è grande come un colpo di tosse. Mi stupirei se tornando a casa non trovassimo già qualcuno a chiederci: 'E com'è che vi ha abbandonato? Un'altra donna?'."

"Non quello. Che papà se n'è andato lo sanno già tutti. Solo io e te non lo abbiamo capito perché non ce lo siamo dette. Che ho pianto, volevo dire. Secondo te si saprà che ho pianto?"

"E che c'è di male nel pianto?"

"Non è nel pianto che c'è del male. È nel pianto per lui che credo ce ne sia."

Duro e assurdo come un chiodo che entra in una porta.

E poi piansero ancora finché il sole non le sorprese abbracciate.

Ed era un sole altro, un sole che indurì per sempre Viola e sciolse Margherita.

Perché anche il sole, a Bisogno, non è mai per tutti uguale.

15

Che fosse bellissima l'aveva notato subito, al primo sguardo sfocato: quel modo di guardare tutto maschile, che sembra meditativo, e che invece è uno sforzo strabico per inquadrare di straforo, di soppiatto, certi particolari tutti femminili. Libero, che fosse bellissima nei punti deputati a esserlo, l'aveva notato subito. Non ci si poteva sbagliare. Se ne sarebbe accorto anche un cieco: dal tono della voce.

Certe cose nella vita ti lampeggiano addosso: l'aveva notata in mezzo a quella ressa della piazza non solo perché aveva al guinzaglio Vieniquì, quello è ovvio, ma forse perché l'avrebbe vista ugualmente. Perché a volte non solo vediamo: a volte prevediamo. E forse Libero, più che vista, quella coincidenza, l'aveva proprio prevista.

L'aveva vista subito e subito dopo, a Libero, quasi mancò il fiato. "È per la gran corsa" pensò all'inizio; "è perché è bellissima" pensò poi; è perché un tipaccio alto e grosso, in quella ressa urlante della piazza, gli aveva dato una gomitata nello stomaco muovendo un braccio per applaudire forte. Cercò di convincersi che fosse per quello.

"E se invece fosse per lei?" Si fermò di colpo fulminato dal dubbio. Poteva essere? Che cos'è l'amore se non una cosa che si aspetta fiduciosi perché non si sa bene che contorni abbia? E quanto gli sembrava sfocata la ragazza che al guinzaglio aveva il suo cane?

Fu in mezzo a quel pensiero che Vieniquì lo vide. E che,

trainandola come le stesse facendo fare sci d'acqua, riuscendo finalmente a smuoverla da quella sua forza immobile, la portò da lui.

Era la figlia di quel tipo che tutti stavano applaudendo: la figlia del sindaco della Città Grande. Bella, ricca, con Vieniquì al guinzaglio. Arrivata solo poche settimane prima da uno di quei viaggi in cui sono sempre indaffarate le persone così.

Con labbra dense.

Carnose.

Labbra da svenimento.

Rosse. Ovviamente. Tipo Nebbiolo? Tipo Nebbiolo, certo.

«Ma davvero?» aveva detto a Libero. «È tuo? Si era perso, l'ho trovato che vagava per strada e l'ho tenuto con me per tutti questi giorni. Sai, fuori continuava a piovere...»

Libero guardò gli occhi neri del suo cane.

«Vieniquì!» gli disse sorridendo come a un vecchio amico.

«Ma subito» gli rispose mollemente lei «ci conosciamo appena!»

Mentre la piazza, non per quella battuta, ma perfettamente a tempo con essa, si lasciò andare al più pazzesco degli applausi.

Coperta da quel boato, lei pronunciò il suo nome.

Bastò.

A Libero, dentro quel nome, dentro quel crepitio di labbra, tremarono le gambe.

Gli passò il guinzaglio. Si sfiorarono le dita. Fu come una piccola scossa.

«Che ne dici: lo riportiamo a casa?»

Libero non disse nulla, ma quel silenzio non era un sì, era qualcosa di più viscerale.

Si misero in cammino.

Raggiunsero la casa tutta blu.

Fecero tutti e quattro i piani di scale. Arrivarono sul pianerottolo là dove c'erano due porte: una era quella della casa di Libero, l'altra quella dell'appartamento che era stato di Lena.

«Davvero? È vuoto?» gli chiese lei come se quel dettaglio la interessasse.

«Sì, ma anche il mio... è vuoto...» balbettò Libero.

Si sorrisero.

Lei disse solo: «Allora ciao. Magari ci vediamo presto» e poi aggiunse: «Mi spiace aver rapito il tuo cane, ma te l'ho detto: pioveva sempre...».

«Capita» rispose lui.

«Che ti rapiscano il cane?»

«No: che piova.»

«E che per tornare a casa bisogna aspettare che smetta.»

«O non aver paura di bagnarsi...»

Risero. Lei lo guardò muovendo le ciglia come fossero schiere di ballerine orientali coperte da veli e piccoli sonagli.

Che suoni strani che hanno certi silenzi. E con che densità te li ricordi poi per sempre, no?

«Ma non mi fai entrare a vedere dove vive Vieni qui?»

«È che, te l'ho detto, non c'è niente da vedere in questa casa... è tutta vuota...»

E dicendo così aprì la porta. Non c'era niente: solo il baule di Lena. Il primo a vederli fu lui: li scambiò per ombre danzanti sulla porta d'ingresso. Per funamboli in equilibrio sul filo della soglia. La visuale poi gliela tolse tutta Vieniquì: gli si accucciò davanti, gli sbavò addosso la gioia d'averlo ritrovato, come sempre fanno i grandi cani buoni. Fu per quello che non vide altro, ma nella penombra che si infittiva al progressivo chiudersi della porta, con quelle orecchie camuffate da maniglie laterali sentì tutto. I passi di Libero. Il grandinare dei tacchi di lei subito dietro di lui. Il rumore delle risate. La luce della sala che si spegneva. Un certo silenzio.

Se c'è una cosa che i bauli sanno fare bene è mantenere i segreti, e conservarli per sempre. E infatti, quel che sentì dopo, lui non lo racconterebbe mai.

16

Titolo: È l'ultima volta che ti scrivo.
Numero: 189
Data: 8-8-20lasciamostare

Ciao papà, lo sai già, questa è l'ultima volta che ti scrivo, ma è successa una cosa così bella che se non te la racconto, giuro, muoio. E allora eccomi qua. Bisogno, lo sai com'è, è un paese tutto in salita, e da quando il laghetto con i pesci rossi (te lo ricordi? Dài! Ci si infilava sempre dentro Batuffolo a rincorrere le rane!) è stato trasformato in un parcheggio, la salita non si può fare che a piedi. Insomma il laghetto non c'è più. Nemmeno Batuffolo c'è più, ma te l'ho scritto nella lettera 57, quella che inizia con "Ciao papà, lo sai già, questa è l'ultima volta che ti scrivo, ma è successa una cosa così brutta che se non te la racconto, giuro, muoio. E allora eccomi qua".

Al limite rileggila. È tutto lì.

Bisogno invece è ancora qui, ed è tutto in salita. Anche di notte, quando la salita sembra ancora più nera. Ah, papà, te lo dico perché se no non si capisce, c'è anche un'altra cosa che a Bisogno non è cambiata: il silenzio. È lo stesso. Anzi, forse, visto che dal parcheggio in su non passano nemmeno più le auto, forse è più forte di quando lo ascoltavamo insieme. Ricordi che silenzio? Ecco, ora ce n'è di più. Ed è per questo che ieri notte, passeggiando, me ne sono accorta. Che non c'era più il silenzio.

Il mio silenzio. Il silenzio di Bisogno. Sparito. O meglio, si era nascosto. Al suo posto: note. Tante, veloci. Bellissime.

Sembrava di sentire un cielo stellato. Hai presente quando la notte guardi il cielo, lo vedi pieno di stelle e tutto è tanto straordinario che resti senza fiato? Ecco, sentire quella musica era così:

era come vedere un cielo stellato. Note di pianoforte. Le ho seguite, in salita, come le briciole di Pollicino, come si seguono le stelle dell'Orsa Maggiore per trovare la stella polare. E sai dove sono finita? Alla chiesa di San Rocco. Giuro. Non ci salivo da anni. È proprio in cima alla collina. In cima a Bisogno, nel punto più alto. Appena più giù del cielo. Insomma papà, c'era un pianista misterioso che ieri notte, a chiesa chiusa, sulla cima della collina di Bisogno, quella da cui si vede tutto, nella chiesa di San Rocco, suonava il pianoforte. L'ho sentito dalla piazza, mi sono arrampicata e lì, magia, ho sonnecchiato sulle porte della chiesa mentre lo sentivo suonare.

Oggi è sparito. Forse era Dio.

Il che non sarebbe male perché significherebbe tre cose: Dio ha le mani. Dio suona il pianoforte. E sa dov'è Bisogno.

Ti ho scritto un pensiero anche oggi, parla dei cocci. Te lo lascio alla fine della pagina.

Viola

Pensiero per quando non vengono le parole Numero 189:

"I cocci, purtroppo, non si riesce mai a lasciarli da nessuna parte, ti seguono anche sul cocuzzolo della montagna. Forse l'unica cosa è sapere che ci sono e cercare di non tagliarsi troppo quando ce li si ritrova fra le mani."

Viola rilesse di corsa. Tante piccole lettere perfette, una grafia deliziosa da bimba quasi fattasi adulta. C'era tutto. Poi prese la lettera e la imbustò. Come tutte le 188 che l'avevano preceduta.

E la imbucò nel camino acceso. Come tutte le 188 che l'avevano preceduta.

17

La prima volta che si rividero fu in pizzeria.

Libero l'aveva invitata con la scusa di doversi sdebitare per Vieniquì. Lei aveva accettato e si era presentata con un regalo: un guinzaglio a molla.

«Guarda: è perfetto. Lo impugni e con il pollice sollevi questa piccola levetta... il guinzaglio si allunga fino a dodici metri. Poi, quando vuoi, schiacci la levetta. E il guinzaglio si riavvolge. Così il cane può correre e allontanarsi quanto vuole, ma tu non lo perdi mai di vista. E puoi tenerlo sotto controllo usando solo il pollice della tua mano destra.»

Libero era mancino. Eppure ringraziò.

La seconda volta cenarono in un ristorante elegante. Lo aveva invitato lei per sdebitarsi della pizza e Libero aveva accettato. Per non far tardi, era uscita di fretta, si era dimenticata il portafoglio a casa e allora aveva pagato lui.

Ne aveva riso, però, proponendole: «Stavolta mi hai invitato tu e ho pagato io... la prossima volta facciamo il contrario».

E così si erano rivisti ancora. C'era qualcosa, di lei, a cui non riusciva proprio a opporsi. E non era male, anzi, era bello. Era come andare in bicicletta senza freni: se ti opponi alla pendenza non vai da nessuna parte. Se ti lasci trasportare, invece, vai là dove vuole portarti la strada, certo, ma è bellissimo, no? Senti tutta l'aria inebriarti i polmoni, e vai veloce senza fare nessuno sforzo.

E loro, veloci, avevano cominciato ad andare da subito. Lei

aveva deliziose ossa del collo e del bacino capaci di segnarle il lungo vestito nero elegante; capelli di quel grano maturo che si sogna di vedere solo una volta nella vita e gambe lunghe e snelle, cosce scolpite di pelle tesa e affusolata, accordate come una corda di chitarra gitana. Proprio come Libero aveva sempre immaginato la sua lei. Quella con cui arrivare là: all'Ultima Solitudine.

E labbra da svenimento, aveva lei. Per bere quel vino rosso, che aveva scelto lui, del colore giusto.

La terza volta era stata al lago. Lei gli aveva chiesto di farle rivedere Vieniquì e lui aveva accettato.

«Così proviamo anche il guinzaglio nuovo, no?»

E anche il guinzaglio aveva funzionato bene. E Vieniquì non era sparito.

La quarta volta fu in montagna. Andarono a sciare.

«È che non credo di saper sciare molto bene, sai? Vado solo giù così come posso...» l'aveva avvertita Libero prima di partire.

«Meglio! Così stiamo sempre in albergo a fare i pigri!»

E avevano fatto i pigri.

Un giorno lei gli chiese un piccolo favore.

«Perdonami, Libero, hai tanto spazio vuoto lì da te, ti dispiace se comincio a portare a casa tua un po' delle mie cose? Non so quanto tempo mi fermerò qui, nella Città Grande, ma nel frattempo ti scoccia se ti lascio qualcosa in custodia?»

Libero leggeva.

Alzò la testa e la guardò sopra la montatura blu dei suoi occhiali da lettura.

Gli era sembrata sfocata.

Lei era sempre un po' sfocata e tremendamente bella.

Disse sì. Certo, che problema c'era. O forse non disse nulla. O forse fu uguale.

La prima cosa che lei portò furono i libri: cominciò a riempire le enormi librerie blu della casa di Libero. E le riempì di libri.

«Ah, ci metti i libri...» aveva chiesto Libero stupito vedendola arrivare con tantissimi scatoloni.

«Eh sì, è una libreria...» aveva chiarito lei. «E allora ci metto i libri...»

«In effetti sì...» aveva chiuso Libero che sulla questione non poteva proprio darle torto.

Che strano, però. I libri.

I libri vanno bene nella libreria, certo, ma forse Libero si era sempre immaginato che nelle librerie blu che aveva tenuto vuote per tanti anni lei ci avrebbe messo, chessò, un topo!

Un topo di biblioteca; o di meglio: un acquario. Un'enorme libreria fatta di perfetti ripiani rettangolari uguali completamente vuota e blu e, al centro, la boccia del pesce rosso.

Da spostare ogni settimana in un rettangolo differente.

"Almeno nuota un po'. La settimana scorsa era all'inizio della libreria, oggi, zitto zitto senza dir niente a nessuno, è già arrivato a metà..."

Una cosa così, una cosa pazzesca. Che se no, per metterci i libri, era capace anche lui... Non è che ci volesse proprio una scienza a metterci i libri, nella libreria.

Però di una cosa era certo: ce li avrebbe messi storti! Per lo meno storti. O a gradazioni di colori crescenti e calanti come le onde di quel mare blu di libreria! Lei invece li aveva già tutti numerati. Di una numerazione strana in cui Libero non contava granché...

Finché le librerie blu di Libero non furono quasi tutte piene. Di libri. Di lei. Tanto che così non sembravano più nemmeno blu. E fu allora che si presentò il problema dei vestiti.

«Perdonami, Libero, ho notato che nel grande armadio blu in camera da letto c'è un ordine leggermente caotico. Posso sistemarlo?»

Ecco, ora va spiegato che nella grande camera da letto della casa tutta blu, Libero aveva un immenso armadio (blu) a cinque ante (blu) dove teneva tutti i vestiti (non tutti blu ma quasi) in rigoroso ordine alfabetico.

Aprivi l'armadio e trovavi, partendo da sinistra, l'abito (elegante, e se ce n'erano due, prima quello gessato, poi quello nero), l'asciugamano, le babbucce, le bretelle, le canottiere, le camicie... e via via fino agli zoccoli. Tutto in ordine alfabetico. I pantaloni prima delle sciarpe, per intendersi.

«Ti spiace se ti metto le scarpe nella scarpiera (che prima c'era ma era vuota...), i cappelli nella cappelliera (che prima era vuota), le mutande ben piegate nei cassetti (che prima erano pieni. Di sogni, però! Ora lei ce li toglieva e ci metteva le mutande. Un bell'affare)? E i maglioni invernali, ora che arriva il caldo (ma come? L'estate era lontanissima...), li ritiriamo in cantina e poi, quando torna l'inverno, ci prendiamo tutta una domenica per fare il cambio stagionale dei vestiti.»

Rideva.

Ogni tanto gli occhiali da lettura di Libero scivolavano sulla punta del naso, sopra la punta del naso, e allora lui la guardava sopra la montatura delle lenti. E la vedeva sfocata. Sempre. Sempre un po' sfocata.

18

Don Piter era arrivato a Bisogno non certo perché pensasse che quel paesello su per le colline potesse essere la sua missione: ce lo aveva mandato il vescovo. A calci, potremmo dire.

Lo aveva mandato lassù, anzi, in punizione per una storia che, ufficialmente, non fu mai chiarita proprio bene.

Ma quando in cima alla collina più sperduta della provincia il vescovo caccia a forza un prete giovane e bello, proprio lassù dove vivranno giusto cento anime, dove si arrampicano solo le viti e anche il sole fa fatica ad arrivare, se proprio a Bisogno arriva un sacerdote con le mani da angelo, non è impossibile intuirne la ragione, pensieri, parole, opere, omissioni.

Omissioni.

Omissioni.

Omissioni.

Una strana storia quella che portò a Bisogno il don, anche perché tutta la vita di don Piter era una storia strana.

Racconta, e lo racconta proprio lui, che da piccolo avesse incontrato il papa. Quello polacco, forse. Alle volte raccontando l'aneddoto si confonde anche lui. Era un bambino di strada, ai tempi, finito sulla strada del papa.

Aveva il volto triste quel giorno, racconta don Piter, così triste che il papa, tra tutti, lo aveva notato e gli si era avvicinato. Ed era triste davvero, di una tristezza profonda che gli scavava dentro una domanda e un vuoto a forma di risposta.

Il papa, commosso da quell'espressione dolente, gli aveva accarezzato la testa, aveva spostato i capelli chiari tutti su un lato e poi sorridendo gli aveva chiesto: "Ti piace il mio vestito?".

E lui, da bambino pieno di quella tristezza, aveva pensato solo così, il papa è pazzo.

"Io piango, sono triste, solo, abbandonato, e vorrei che lui rispondesse a quella domanda che ho dentro e lui, il papa, si interessa di capire se è vestito bene o no."

E così gli aveva risposto come se di fronte non avesse avuto il papa.

"No, mi fa schifo. E mi fanno schifo gli uomini in gonna."

A seconda delle versioni don Piter aggiunge "soprattutto se bianca", o "soprattutto se abbinata a quel turbante appuntito", o anche "soprattutto con quelle inutili ciabatte rosse".

Il papa però rise, la gente del paese rimase di sasso e il padre di Piter, la sera, lo sculacciò una volta per ogni lettera della frase pronunciata e una perché, forse, ci aveva preso gusto.

Dio, però, fu l'unico a non dimenticarsi di quella risposta, e della domanda che Piter non aveva fatto.

E, a conti fatti, nemmeno il papa.

Che infatti, quando don Piter si fece prete, perché la memoria di Dio è una strada da percorrere, sembra che il papa – lo stesso, lo stesso di cui non ricordava bene se fosse il polacco o meno – gli scrisse una lettera. Una lettera ufficiale, con tanto di busta fatta di velina finissima, missiva in carta di pergamena ingiallita e croccante, inchiostro nero lucido da stilografica papale e bollo in ceralacca a chiudere la busta. Con l'effige impressa delle chiavi di San Pietro incrociate.

"Dio mio, si è appena fatto prete e don Piter già riceve una lettera del papa" diceva la gente.

Una lettera del papa contenente una frase sola: "Non rinneghi il suo essere bambino. Predichi pure in Geans".

Così.

Finita.

Con geans scritto maiuscolo e con la "g".

Ma vaglielo tu a dire al papa che già da bambino l'hai preso in giro e ora gli correggi l'ortografia sulle lettere ufficiali.

Lasciò perdere, il novello don Piter, in nome dell'infallibilità pontificia.

Ogni tanto però, la domenica, dopo la messa, quando anche il vin santo era finito, don Piter diceva: "Ora vado su, svuoto tutti i cassetti e ve la porto da vedere. C'è da non crederci".

E infatti non ci credeva nessuno.

Quella frase era più che altro il segnale che la messa era finita davvero e che dalle sue stanze don Piter non sarebbe tornato tanto presto.

Era stato parroco un po' qui, un po' lì. Belle chiese nel centro delle città, belle parrocchie, belle catechiste. Dicevano. E poi quell'orto...

Fatto sta che alcuni anni dopo, pochi a dire il vero, il vescovo lo cacciò a Bisogno.

«Don Alberto è in ritiro, la chiesa è molto grande ed è rimasta vuota. Le anime di Bisogno hanno bisogno di lei, don Piter.»

«Sono bisognose...» scherzò don Piter.

«Come tutte» lo riprese il vescovo alla serietà del loro ruolo.

«Come tutte» alluse don Piter.

Il vescovo non capì. O forse sì.

Ma il discorso lo finì così: «Lassù è tutta collina, ma c'è terra buona, vergine. Se le interessa. Forse potrà realizzare là quel suo progetto, quello per cui studia tanto la Bibbia e di cui una volta mi ha parlato con grande trasporto. E se lo fa, poi, se lo realizza davvero, mi inviti all'inaugurazione. Mi raccomando».

«Quel mio progetto esiste già da anni. Cresce poco lontano da qui e non è troppo distante nemmeno da Bisogno...»

«E non me lo ha mai detto?» lo riprese il vescovo.

«Ma non credevo la cosa le interessasse davvero...»

«Lei fa sempre tutto di testa sua. E questo è un atteggiamento imperdonabile...»

«Non dica così: perdonare è il suo mestiere...»

«Vada, don Piter. Vada, non mi faccia perdere tempo.»

«I miei ossequi... eccellenza.»

E detto questo partì. Ma si sa come vanno certe cose.

Nei paesini, un prete giovane e bello, uno che ha incontrato il papa e ha pure un nome strano, Piter, deve saper fare una cosa sola per essere accettato: predicare bene.

Dir bene la messa.

Far commuovere ai funerali.

Far ridere ai battesimi.

Arrivare puntuale alle estreme unzioni.

Avere sempre un pallone nell'oratorio.

Tenere al catechismo quanti più bambini possibile.

E don Piter, invece, c'era una sola cosa in cui fosse davvero insuperabile: suonare il pianoforte.

19

Quando lei finì di riordinargli i vestiti nell'armadio lo guardò e gli disse quella cosa tutta piena di buon senso: «Hai visto? Ora ogni cosa è al proprio posto e ogni posto ha la sua cosa. È perfetto, no?».

Sì, certo, era tutto ben ordinato. È che quell'ordine, a Libero, per la prima volta, cominciava a sembrare solo il suo disordine senza la sua fantasia.

Senza contare il fatto che non aveva più idea di dove fossero i suoi vestiti.

("Io il dolcevita lo metto anche solo come augurio, non ho bisogno che faccia davvero freddo per indossarlo! Adesso dov'è il dolcevita?")

Che strano aspettare per anni qualcuno che metta a posto ogni cosa e poi, quando accade, quando tutto è in ordine, sentirsi un poco fuori posto! Si aspettava uno squasso che lo mettesse tutto in ordine, e invece era arrivato un ordine che gli aveva messo addosso un po' di squasso...

Ma forse si sbagliava. Non era quello l'amore? Un ordine. Bisognava solo farci l'abitudine.

Anche lui quando aveva prenotato all'Ultima Solitudine l'aveva fatto per darsi un ordine, no? Che male c'è nell'ordine?

Che poi, lo sapeva da sempre: non si era mai aspettato che lei avrebbe preso i propri reggiseni e li avrebbe messi dopo i pantaloni e appena prima delle scarpe adeguandosi al suo modo di vedere la cosa. Certo, però si aspettava che aprendo il vestiario alfabetico – così Libero lo chiamava – avrebbe riso. L'avrebbe trovato divertente. L'avrebbe capito. O avrebbe avuto la voglia di capirlo. Poi, certo, avrebbe preteso un altro armadio tutto per sé per farci dentro quel che voleva. Certo. Ma, tutto sommato, che fosse andata diversamente non gli sembrava grave. Non molto almeno.

C'era una sola cosa che gli sembrava grave. E lo stupiva profondamente. Era il suo modo di chiamare Vieniquì.

Quando lo portavano in giro insieme, col guinzaglio a molla che bastava il pollice della mano destra appena si allontanava di qualche metro, quel cane che era abituato a sparire, lei perdeva la pazienza e terrorizzata urlava: "Vieniquì: vieni qui!".

Già, così: "Vieniquì: vieni qui".

Che non è una minuzia o una minuscola, è che non hai capito niente di Vieniquì se per chiamarlo urli: "Vieniquì, vieni qui!".

"Ma perché se lo chiamo io Vieniquì non viene qui?" chiedeva a Libero tutte le volte.

E Libero allora diceva solo: "Vieniquì!" e quello arrivava. Ma non certo perché avesse cominciato a essere ubbidiente, era solo per farle un dispetto.

Una sera, Libero se ne tornò nella sua casa tutta blu e aprendo la porta si sentì dire, dalla voce di lei che era in cucina (indovinate? Era lì a cucinare, esatto!):

«Tesoro? Sei a casa?»

Libero si guardò addosso. Ma che domanda era?

E allora la osservò, quella casa tutta blu, con i libri in libreria, le scarpe nella scarpiera, i vestiti chissà dove, vittime del cambio stagionale e Vieniquì legato, fuori, sul balcone.

("Così non sparisce più nemmeno quando è in casa!")

Non c'era più neppure il baule di Lena.

("L'ho fatto mettere in cantina. Ho chiesto a mio padre se poteva mandarmi due messi comunali, l'ho sistemato lì. È molto meglio, così, vero?")

Libero per un istante si chiese se quella domanda non fosse riferita a lui, ma alla casa. Era ancora la sua? Forse no, era diventata la loro. Che strana addizione quella in cui quando si aggiunge qualcosa si ha l'impressione di aver meno di prima. Forse no. Forse quella non era più casa sua. Libero non la riconosceva più. Ogni tanto la scambiava per altre case. Qualche volta entrava nelle altre case tutto frastornato e chiedeva: "Mi scusi, sa qual è casa mia? Non la distinguo più".

"Guardi, è quella lì. Quella blu." E talvolta gliela dovevano pure indicare.

"Ah già, mi perdoni, è che ultimamente me la confondo..."

E se la confondeva davvero.

Con case di altri colori. E quando casa tua non è più tua, anche tu non sei più tu. E niente ti sembra più del colore giusto.

Come se, in qualche modo, ci si fosse dipinti di incongruenze. Tipo quella di chiamarsi Libero e non capire, in fondo in fondo, se lo si è davvero.

20

Lena alla Locanda dell'Ultima Solitudine ci era arrivata quando l'uomo coi baffi zoppicava ancora poco. Ci era arrivata per sbaglio, perché sapeva che su quello scoglio c'era il vento e aveva bisogno di metterlo alla prova, quel vento, e ci era arrivata per una lettera. Si era seduta al tavolo, aveva guardato a lungo il mare e alla fine aveva iniziato a parlargli.

"Non è brutto, anzi. Ma negli anni ho visto buste ben più discrete di quella che mi hai fatto recapitare tu, a casa, con dentro la lettera d'invito per farmi venire qui..."

Di fronte a lei c'è un uomo: la ragione per cui è lì. E ora è lui che sta guardando.

"È che non mi fido della posta. Ho preferito organizzare una consegna. E poi una busta qualunque... magari non l'avresti nemmeno vista, o l'avresti stracciata subito dopo aver letto il mittente con tutta la lettera dentro..."

"Infatti, l'ho stracciata..."

"La busta?"

"Non fare lo scemo! Hai usato un baule come busta! Me l'hai fatto consegnare fino al quarto piano! Ho stracciato la lettera che ci avevi messo dentro. Come facevo a stracciare il baule?!"

Lena, molti anni prima di tutto quello che è accaduto fin qui, era così magra che sembrava capace di vivere solo di luce, e aveva avuto un uomo che l'aveva tenuta sempre all'ombra. All'ombra di un'altra donna. All'ombra della realtà. All'ombra di tutto. Poi si erano persi. Quindi lui era tornato, come fanno le ombre, ogni tanto, finché lei gli aveva chiesto di non tornare più. E dopo molte assenze, lui l'aveva invitata alla Locanda dell'Ultima Solitudine.

"E ti piace?"

"Il baule?"

"No, questo posto. Ti piace? È il posto più bello del mondo. Ti piace essere qui con me?"

"Mi piace essere qui."

"Quindi se ti chiedessi di tornare insieme a me..."

Lena lo guardò. Era passato molto tempo dall'ultima volta in cui si erano visti. Molto tempo dall'ultima volta in cui si erano parlati e ancora di più dall'ultima volta in cui avevano fatto l'amore. Tutti tempi in cui Lena non sarebbe mai tornata a vivere.

"Se me lo chiedessi faresti una sciocchezza. Ma tu sei sciocco, non ci sono dubbi. E 'tornare' è un verbo che mi piace meno di 'andare'. Io voglio continuare ad andare. Sola."

"E allora perché sei venuta qui? Perché hai accettato l'invito?"

"Te lo ripeto, per vedere la Locanda. Per vedere come è fatto un posto che si chiama l'Ultima Solitudine. E per dirti che io ho fatto altre scelte che non siano il tuo costante accettare di non-scegliermi."

"Ma ti ricordi cosa ci dicevamo una volta? Che a volte siamo fedeli a una persona tradendo noi stessi, che ci sono tradimenti che non stanno in piedi perché non compierli è tradirsi..."

"Infatti tu non ti tradisci mai. Sei sempre tu."

Lena buttò il tovagliolo sul tavolo. La tovaglia bianca cominciò ad assorbire il vino rovesciato dal bicchiere.

"Scusami, ho sbagliato ad accettare di vederti" disse alzandosi. E fece per andare via.

"Ma non prendi nulla?"

"Ho già avuto il baule. Lo terrò vuoto, come te. Ancora per un po'. Fino a quando avrò paura di disfarmi delle cose belle che però mi hanno fatto male. Poi un giorno imparerò. E mi disferò dell'appartamento in cui ci incontravamo di nascosto, del baule che mi hai fatto recapitare lì, di quella lettera che contiene e della paura di dimenticarti."

Lena era fiera. Decisa.

Con una schiena dritta come non prevedesse altre posizioni e quelle piccole scapole, d'ossa, che si vedevano appena dalla sua magrezza.

"E vuoi restare sempre sola?"

"Magari prenderò un cane."

Lui li odiava. Ne era terrorizzato.

"Un cane che ti tenga lontano da me per sempre."

"Dài, ti accompagno a casa..."

"Lascia stare."

"Vuole che le chiami un taxi?"

Fu l'unica cosa che disse l'uomo coi baffi in tutta quella scena.

"Sì, grazie. Lo metta pure in conto al signore... Lo aspetto fuori. Ho bisogno d'aria."

E camminando, dritta come avesse solo da guardare avanti, Lena lasciò la Locanda dell'Ultima Solitudine. E la ragione per cui ci era arrivata.

Guardò un gabbiano, sul mare. Volava come un aquilone. Ma senza fili capaci di trattenerlo.

E quella, a lei, sembrò la prossima cosa da imparare.

21

Incongruenze. C'erano delle incongruenze tra tutte le aspettative che Libero aveva avuto su di lei e il modo in cui lei le aveva colmate. Incongruenze. Tante da far pensare che forse lei, alla fine, non era davvero la *lei* che stava aspettando. E alla fine furono così tante che poi, dopo alcuni anni, quando erano chiare a tutti, Libero, incongruentemente a tutto, la sposò.

Sì, sì. La sposò.

Dopo un tempo fatto di conquista, nel giorno in cui capì tutto, Libero la sposò.

Perché all'amore bisogna abituarsi prima che questo diventi un'abitudine.

Capitò tutto dopo la cerimonia che celebrò suo padre, il sindaco, durante il pranzo. Davanti ai pochi parenti di lei. E a Vieniquì che cercava inutilmente di sparire.

«Volevamo dirvi che io e Libero ci ameremo per sempre! Come il primo giorno!» disse lei.

E Libero fu anche sincero, rispose: «Sì, certo, come il primo giorno» nel senso che forse, in fondo in fondo, non l'aveva amata nemmeno il primo giorno e non l'avrebbe amata mai.

«Perché il nostro» continuò lei «è un amore magico!»

«Magico, certo» disse Libero come fosse assente.

Magico, pensò, al punto che se c'era era sparito. O che forse non era nemmeno mai apparso.

Ma fu solo un attimo dopo che quella cosa accadde davvero.

Libero le riempì il calice con quel Nebbiolo color labbra che aveva tenuto per lei nella credenza vuota e la baciò sulla guancia. La prese per mano, al tavolo degli sposi, la guardò (sfocata, strano però. Aveva le lenti a contatto quel giorno, perché la vedeva sfocata?) e, dalla disperazione, urlò:

«Alla felicità. La nostra.»

E alzò il bicchiere al cielo porgendolo a lei come un fioretto da incrociare.

A lei che scosse la testa.

«Libero, ma come fai a dimenticarti tutte le volte che sono astemia?»

E fu allora che Libero la sentì davvero, nitidamente, andare in mille cocci: la bottiglia di meraviglia delle sue aspettative d'ebbrezza.

L'ERNESTO INVISIBILE

22

Tra i morti della Seconda guerra mondiale nessuno conta mai i tredici partigiani dell'Ossola, quelli dell'Ernesto invisibile: dodici uomini e un bambino.

Tredici anime che nessuno, tra i morti della Seconda guerra mondiale, ha mai la voglia di ricordare.

E non sia sufficiente, a giustificare la mancanza di commemorazione, la scusa per cui: "Non è proprio vero che morirono tutti: il bimbo, per esempio, è sopravvissuto. E forse anche un altro. Il matto".

Perché, prima di tutto, di quel bambino nessuno ebbe mai notizie certe, e che sia proprio rimasto in vita, di preciso, nessuno lo sa; e del matto, poi, se la guerra ti fa fare una cosa così, come quella che ha fatto lui, significa che comunque in qualche modo ti ha ucciso. Anche se le sei sopravvissuto.

L'anno della cosa così era uno di quelli in cui faceva ancora paura solo sentir sussurrare le parole "I tedeschi!". Faceva ancora l'effetto di un colpo di pistola che senti partire da lontano, nella notte, mentre fumi e pensi all'amore distante come un ricordo, e non capisci subito se il proiettile ti ha preso, ti ha ferito, ti ha solo sfiorato. O sei già morto e ancora non te ne sei accorto.

La stagione era invece quella in cui si poteva ancora pensare di averne molte altre da vivere: la primavera.

La storia, questa: dodici anime capaci di camminare di

montagna in montagna. Montagne libere. Con una capra al seguito. E un bambino con loro.

E se capire perché avessero con sé una capra è facile ("È il miglior cibo da trasportare: cammina da solo ed è fresco fresco la sera che te lo vuoi mangiare"), intuire perché si fossero portati dietro un bambino è tutta un'altra questione.

I dodici partigiani dell'Ossola, quelli dell'Ernesto invisibile, l'avevano preso a camminare con loro perché suo padre era falegname.

Come suo padre.

Come suo padre ancora.

E come suo padre anche.

E come il nonno del padre del padre del padre di suo padre, quello che aveva piantato il bosco che non lo rese mai veramente un falegname: non tagliò mai nemmeno un ramo, quell'uomo lontano nel tempo, ma permise a tutti i suoi discendenti maschi di esserlo. Falegnami. Gente che intaglia le proprie radici. E che di un bosco ha bisogno come dell'aria.

Quel bimbo era solo un bimbo, certo, ma ce l'aveva nel sangue come Geppetto d'essere un falegname, ce l'aveva dentro nell'anima come san Giuseppe, d'essere un falegname, e ce l'aveva dentro nel destino, la brigata dell'Ernesto invisibile che senza di lui, in piazza Castello, chissà che fine avrebbe fatto.

Il bimbo, quel giorno di piazza Castello, pelava patate: faceva il garzoncello in un'osteria del fascio da pane vecchio e stracchino giovane. E patate, ovvio.

Sapeva pelare le patate bene come nessuno. All'oste della Locanda del fascio che l'aveva preso al lavoro lui non lo diceva perché era così bravo a pelare le patate. Non lo diceva a nessuno. Non lo raccontava a nessuno che lui ci metteva tutta quella passione e precisione perché immaginava fosse la pelle dei soldati tedeschi quella che col coltello levava con lentezza.

Via, uno a uno, li scorticava infilando il coltello appena sotto la buccia, lasciando uscire il siero giallo, e sollevandola con gusto: la pelle.

Ecco perché ci metteva tanto talento, perché lui non sbucciava patate, lui ci metteva dentro la vita, in quel gesto. La vita e la libertà. E pure la morte, s'intende.

Quel giorno, fuori dalla Locanda, in piazza Castello, c'erano loro: i soldati tedeschi. E due camion, già carichi di soldati, pronti a partire. Sgasavano morte dai tubi di scappamento, quei camion, e dovevano andare nelle valli dell'Ossola, che c'era una brigata da sistemare. Il bimbo sentiva l'attrito della pelle della patata lasciarsi andare sotto l'insistenza della sua lama, e intanto li guardava salire, neri, ordinati, armati, sedersi sulle panche di legno e schegge con quel caschetto verde che sembrava uno scolapasta ribaltato.

Erano lì: i tedeschi.

Il comandante, rigido come se al posto della spina dorsale avesse una scopa, entrata lì per chissà quale anfratto, urlò: "*Schnell! Schnell!*".

Erano pronti a partire.

Del disastro si accorsero allora.

Gli autisti acceleravano, davano di gas, pestavano sul pedale come fosse un nemico e il motore dei camion starnutiva, tossiva, sputava catarro e alla fine si impiantò. Grippò. Non partì. Collassò.

Il motore di entrambi i camion collassò mentre nella cesta delle patate sbucciate del bimbo, a contarle, si sarebbe scoperto che ne mancavano due.

Grosse.

Grosse giusto la misura di un tubo di scappamento. Di un camion tedesco.

Il bimbo sorrideva. Quelli abbaiarono, scesero dai camion, presero a calci in culo un meccanico, come in un film comico in bianco e nero. Quello aprì il cofano e studiò il motore. Era perfetto, cazzo, il motore non aveva niente.

E quelli abbaiavano, abbaiavano, abbaiavano.

"E allora perché non parte?" urlò il comandante in tedesco.

E lui, il bimbo, rideva: gliel'aveva tolta davvero la pelle a quei *Kartoffeln* del cazzo.

Non riuscirono mai a partire. Non riuscirono ad andare a fucilare chi dovevano andare a fucilare.

Erano rimasti bloccati dal gesto folle e geniale di un bimbo che sbuccia patate.

I dodici partigiani dell'Ossola l'avevano preso con loro perché era figlio di falegname, aveva un bosco nella sua storia, sapeva pelare patate (che con la capra non sono male) ed era orfano. Soprattutto. Orfano.

Arrivarono a Camogli il settimo giorno di marcia. A metà mattina. Nel pomeriggio erano già a San Nicolò.

E poi nel bosco fino allo scoglio a forma di lancia. Di punta. Punta Chiappa, lo chiamano laggiù quello scoglio. Punta Chiappa. Là dove il sole sviene nel mare. Là dove il bosco riesce a bucarlo solo lo scoglio che arriva fin dove le onde e il vento lo lasciano andare. Là dove l'orizzonte, laggiù, sembra un taglio, una cucitura, un sentiero possibile.

Ci avevano riso su tutti, su quel nome sciocco, i partigiani dell'Ossola. E anche il bambino ci aveva riso. Perché lo faceva ridere la parola "chiappa", al bimbo; perché li faceva ridere la parola "punta", ai partigiani, che erano lì mica per puntare. Ma per sparare. E il più lontano possibile, anche.

Quando arrivarono lì, a Punta Chiappa, a parlare, mentre guardava il mare come fosse un amico con cui scherzare, fu Giovanni.

"Voi sapete quanto ci vorrà?" chiese a tutti. "Cinque? Sette? Nove? Venti giorni?"

"Un mese, forse" rispose uno.

"Anche uno e mezzo se non vogliamo affogare" ribatté un altro.

Giovanni fece girare gli occhi sull'enorme bosco di lecci tutt'attorno allo scoglio, il loro scoglio, il loro bosco. E poi diede l'ordine.

"Ci vorrà il tempo che ci vorrà. L'America tanto di lì non si muove. Tagliate."

E scaricarono gli zaini, le seghe, le corde.

Uno aveva uno zaino solo di chiodi. Pesava come la maledizione di averlo sulle spalle.

E poi le pialle del legno. Lunghe e corte. I martelli. La

pece per rendere impermeabile lo scafo. La cera per le rifiniture. E una pistola, con un solo proiettile in canna. Per la fronte della capra.

Lavorare mette fame. E sete. Un dettaglio che però nessuno aveva ancora calcolato.

Giovanni era un tipo ben strano. Aveva una vista da aquila e una mira che non avrebbe sbagliato un colpo nemmeno se avesse sparato ubriaco a un uomo che corre là in fondo alla valle in un giorno di nebbia.

Avesse avuto dieci colpi, avrebbe colpito il suo cuore dieci volte. Ne avesse avuti venti, sarebbero serviti due cuori, perché del primo non si sarebbe trovato più nulla. E nemmeno del secondo dopo gli altri dieci colpi. Eppure, in guerra, non aveva mai ucciso. Aveva sparato milioni di volte, e non aveva mai sbagliato mira. Eppure non aveva mai ucciso. Nemmeno un solo soldato tedesco, nemmeno quando faceva il cecchino, all'ingresso dei paeselli dell'Ossola, arrampicato sui campanili delle chiese con l'ordine di sparare a tutto quel che di tedesco si avvicinava.

Una volta, in una brutta osteria di Miasino, il suo paese, sul lago d'Orta, aveva sparato a un bicchiere di birra dimenticato sul bancone. Lo avevano preso per pazzo.

"È tedesca, no?"

Allora lo avevano preso sul serio.

Eppure a un uomo: mai. Non aveva mai sparato a un uomo.

"Vedi, tu che infili patate a tradimento nel culo dei camion tedeschi, non le vinci le guerre se ammazzi i nemici. Se li ammazzi le perdi. Per ogni nemico che ammazzi se ne formano due, che ti odiano e vogliono strapparti i coglioni con una lametta da barba: i suoi figli."

"E allora tu, Giovanni, che fai, ai nemici gli fai le carezze per vincere le guerre?"

"Faccio così."

E prese un sasso di quello scoglio e lo lanciò, lontano, contro un albero. Un leccio. Il sasso sfiorò un ramo alto, senza colpirlo di netto. Senza centrarlo. Lo lacerò solo. Ne lacerò la corteccia. Poi tirò su col naso.

"Dagli tre giorni. E il ramo cadrà portandone giù altri quattro."

Poi tirò su ancora col naso.

"Uccidere un uomo è morire: i suoi figli, più giovani e forti di te, ti uccideranno. Per vendetta. Ma ferirlo no, ferirlo è geniale. Per ogni ferito altri quattro uomini devono stare a curarlo. E lui ha il tempo di capire il dolore. L'assurdità della guerra. Ha il tempo di sentire l'odore della morte che ha scampato per un pelo. Togli dal campo cinque soldati se ne ferisci uno, quello che hai ferito e i quattro che devono assisterlo."

E solo allora sputò. Grasso catarro nel fuoco che avevano acceso per ripararsi dagli schiaffi del vento del mare. E per cucinare la capra.

L'idea era semplice: costruire una nave. La legna era come per la capra, era già lì, il bosco di lecci di Punta Chiappa, non dovevano che andare a prendersela. La strada per proseguire il viaggio poi era una sola: il mare. E la destinazione, obbligata: "L'America".

Quella degli americani sbarcati in Normandia e capaci di liberare l'Italia. E portare sigarette e cioccolato.

"Giovanni, ma perché proprio l'America?"

"Perché se tornano i tedeschi, col cazzo che ci trovano, laggiù."

E così, dall'Ossola, i tredici, dodici più il bimbo che sempre sbuccia patate, erano partiti. Camminando sulle montagne.

Fino a Camogli.

Fino allo scoglio.

Fino a Punta Chiappa.

Fino alla fine.

La loro.

Il primo giorno tagliarono dodici alberi.

Il secondo quattordici.

Il terzo Stefano.

"Tagliarono" Stefano che di notte, sul mare, sul vento, aveva gli incubi e in America non ci voleva andare più.

"Son della montagna, io. Del Mottarone, cazzo! Cazzo ne so di come si fa a stare a galla sul mare?"

Era scappato andando chissà dove. Il matto. La sua storia finisce qui.

Il quarto giorno ne tagliarono otto.

Due braccia in meno si sentono, anche se son quelle di un matto.

E andarono avanti così fino a che non finirono la capra.

E fu allora che iniziarono i problemi.

Il problema era che, a parte la follia del progetto, assurdo perché l'oceano non è il lago d'Orta dove basta la *Clarabella* e due remi a far da sponda a sponda, quelli la nave ce l'avevano già. In testa.

Nel cuore. Nell'anima. Nel sangue.

Ovunque gli navigasse il terrore dei tedeschi, quelli avevano una nave per fuggire in America. E la nave, quella della paura, quella fatta di fuga, la vedevano già dentro quegli alberi, dentro quei rami che tagliavano per tagliare il mare.

Pazzi. Ma la guerra è anche questo. Pazzia.

Il dramma è che poi, dopo aver tagliato 206 lecci, dopo aver fatto un buco in quel bosco di lecci che si arrampica fin sullo scoglio a un'ora di cammino da Camogli, dopo aver sputato più sangue che sentenze, dopo essersi accorti che nessuno di loro sapeva come si costruisse una nave, una nave la costruirono davvero.

Una zattera.

Grossa più o meno come una briciola che il mare (l'oceano) avrebbe potuto digerire senza nemmeno accorgersi.

Stretta, abbracciata dalle funi. Inchiodata. Galleggiante. E tanto bastò. E allora, già stravolti dalla fatica, cotti dal sole, impazziti per la guerra, senza aver bevuto un goccio d'acqua da giorni, e per la paura dei tedeschi, affamati e disidratati si guardarono in faccia.

L'America era lì, scavata nelle loro facce.

Stanche, secche, bruciate, tagliate, morte. Loro ci vedevano l'America. La speranza. E allora l'orazione di Giovanni fu piccola piccola, eppure bastò.

"Per me si va."

Non avevano nulla. Né cibo. Né bussola. Né remi. Né acqua. Né idea di dove fosse l'America. Avevano solo paura dei tedeschi. E un comandante che nell'America credeva: Giovanni.

Bastò.

"Per me si va."

"Per me si va."

"Per me si va."

"Per me si va."

"Per me si va."

"Per me si va affanculo."

La voce di Enrico. Il bimbo.

"Avete tagliato tanta legna che se ne potrebbe fare un veliero e poi avete messo su una zatterina che non reggerà alle prime onde."

Sapevano tutti che aveva ragione. Ma non è la ragione che fa fare certe cose.

"Se vuoi restare qui, resta" rispose Giovanni mentre con un coltellino si levava le schegge di legno dalle braccia, "resta pure. C'è legna abbastanza perché tu possa farti una capanna se ti piace tanto questo posto qui. Sei figlio di falegnami, no? Ti arrangerai."

"Mi arrangerò."

"Ma guarda che non andrai mai da nessuna parte con quattro alberacci di legno, con la tua nave mancata! Non andrai da nessuna parte. Noi andiamo in America."

Ed Enrico, il bambino, avrebbe voluto dirglielo che nemmeno loro sarebbero mai andati da nessuna parte, con quel trabiccolo galleggiante. Se non in fondo al mare.

E avrebbe voluto aggiungere che una zattera è una nave mancata anche quella, come la legna che gli stavano lasciando sullo scoglio per costruirci quel che voleva.

E avrebbe voluto urlarglielo che a lui in America non gliene fregava un cazzo di scapparci perché se tornavano i tedeschi gli infilava in culo altre due patate. E pure tre carote.

Tutte frasi di buon senso, c'è da ammetterlo. E infatti disse la cosa più assurda del mondo.

"Buon viaggio."

Così. Con la faccia da bimbo sporca di terra che tira su un po' la testa per guardare negli occhi un adulto.

E aggiunse: "Scrivete quando arrivate. Io con la legna avanzata tiro su una locanda. E servo patate bollite".

Silenzio.

Eccola qui la nave mancata.

Undici uomini, partigiani dell'Ossola, che naufragano davanti a un bambino.

Enrico.

E salgono sulla zattera che affonderà al quinto giorno di navigazione. Uccidendoli tutti.

"E che cazzo cucinerai di contorno alle patate? Altre patate? Eh? Brutta testa di cazzo di un moccioso."

Si stavano già allontanando sulla zattera quelli dell'Ernesto invisibile.

I marinai dell'Ossola. Quelli che nessuno ha mai visto.

Il vento portò alle orecchie di Enrico le parole dei marinai dell'Ossola ("marinai dell'Ossola", mai sentita una sciocchezza più grande) ancora per ore. Ridevano. Folli. Li sentì ridere per ore nel mare piatto che è un inganno finché non distinse, nitida, la voce di Giovanni:

"E che cosa cucinerai? Moccioso!"

"Qualcosa mi verrà in mente" pensò.

"Qualcosa troverò" pianse.

"Qualcosa mi inventerò."

Era solo.

La sua prima solitudine. Quella in cui qualcosa, in effetti, si inventò davvero.

IL BOSCO DI LECCI

23

«Sai, Viola, cosa non ho capito bene del racconto di tua nonna Ciclamina?»

«Che cosa, don Piter?»

«Quasi tutto.»

«Stai scherzando?»

«In effetti sì: non ho capito proprio niente...»

Non è facile trovare una vita che ti stia addosso intonata se ti chiami Viola. E se in fondo, un po' Viola, lo sei pure.

E così, dopo qualche insistenza, Viola aveva cominciato a chiacchierarne con don Piter. Del proprio non sentirsi a tono. Del proprio essere viola in una collina verde baciata dal cielo azzurro: tutti colori che con lei si abbinavano male.

E lui l'aveva sempre ascoltata. L'aveva sentita raccontare dei conflitti con la madre, l'aveva ascoltata raccontare della mancanza del padre, ma nulla riusciva a interessarlo di più di quella storia strana: quella delle piante.

«Ad esempio: perché i fiori vanno accordati?»

Viola lo guardò mangiandosi quelle pellicine delle unghie che talvolta sembrano irresistibili.

I preti, pensò. Parlano di Dio e hanno risposte a tutto riguardo l'aldilà e se poi nell'aldiquà qualcuno accorda i fiori non sanno darsene ragione. Né farsene una fede.

«Vedi, don Piter, mia nonna viveva di poche regole semplici, e una era: se trovi qualcosa fuori posto, sistemalo. E ha fatto così con tutto.»

«Fiori compresi?»

«Fiori compresi. Diceva che i fiori della primavera sono i sogni che si sono fatti d'inverno. Bisogna piantarli d'inverno, i semi dei sogni, quando nessuno pianterebbe nulla. È allora che bisogna crederci, nei sogni: quando tutto sembra incredibile. È allora che bisogna seminarli. Se resistono al gelo dell'inverno, se hanno la forza di resistere al vento, allora in primavera sbocciano. Non si deve piantare un sogno quando il tempo è bello! I sogni si piantano al gelo – diceva mia nonna – per farli forti una volta che saranno fiori. Se crescono scordati, però, al passaggio del vento ispirano sinfonie di sogni futuri fuori tono. E tutto va alla rovina. Mia nonna diceva che il sogno non va solo piantato d'inverno, ma anche accordato quando sboccia. Se ci pensi è una follia: bisogna sempre curarli i sogni, senza abbandonarli mai...»

«Come per le preghiere.»

«Devi curarle sempre?»

«No, se ci pensi è una follia...»

«E tu ci pensi?»

«Penso che anche la storia della menta non mi è chiara... Perché la menta è cattiva? Io la trovo buonissima!» E dalla tasca dei pantaloni prese una confezione di gomme da masticare, ne offrì a Viola, che rifiutò, e poi lui se ne buttò in bocca almeno tre.

«La menta è la pianta più difficile da accordare perché è una pianta infestante. Io e mia madre la teniamo sempre per ultima, perché mentre ti metti dietro di lei, aspetti che il vento la attraversi, per capirne i toni stonati, per sentirne la voce, quella ti vomita addosso un sacco di bugie. E basta un attimo a crederci. Perché sono belle le bugie della menta.»

«Resta il fatto che è buona...»

«È facile essere buone raccontando bugie.»

Don Piter ci aveva pensato su. E poi le aveva fatto una domanda ancora.

«E poi? Una volta accordati li sai anche suonare?»

«I fiori? No, li accordo solo, e non sono nemmeno tanto brava.»

«Io invece il pianoforte non lo so accordare.»

«Però lo sai suonare...»

«Ho imparato da ragazzo, a scuola. Tutte le volte che facevo una sciocchezza, in seminario, mi mandavano in castigo a lezione di pianoforte dal severissimo direttore: don Sebastiano. È così che ho scoperto che il pianoforte mi piaceva moltissimo. Però se lo avessi detto a don Sebastiano, quello, per punirmi, avrebbe smesso di farmi lezione. E così non l'ho mai detto a nessuno. E ho continuato a fare sciocchezze, invece, per farmi mandare in punizione.»

«Piacerebbe a mia madre questa storia di trasformare le punizioni in musica... Però ti ho sentito suonare. Sei bravissimo.»

«Ho fatto più punizioni che penitenze, sì...»

Una spinta di lei sulla spalla di lui. Lui si lasciò ondeggiare fino a fermarsi con gli occhi non troppo distanti da quelli di Viola. I due si guardarono. A fondo. Come a chiedersi l'autorizzazione per quel gesto in cui nessuno dei due aveva il coraggio di scivolare per primo.

Poi don Piter lasciò stare. Aveva ancora da chiederle la cosa più importante di tutte.

«C'è un'altra cosa che a furia di far sciocchezze mi è venuta molto bene...»

«E sarebbe?»

«L'orto.»

«Ma che sciocchezza è l'orto!»

«È una sciocchezza gigante perché è fatto di piante molto particolari. Ti andrebbe di accordarle? Sono novantasette e ce n'è una che se si scorda potrebbe essere la fine del mondo...»

«Ma che dici? Nessuna pianta è così pericolosa... nemmeno se fosse una pianta carnivora.»

«Questa non è carnivora, ma qualcosa mangia lo stesso...»

«E che cosa?»

«Le anime.»

24

Appena aveva sentito il cancello aprirsi e il campanello suonare, Enrico aveva smesso di pelare patate, aveva guardato fuori dalla finestra, sullo scoglio, e aveva visto che l'uomo coi baffi era ancora lì. Dormiva.

Nel fondo della sua testa si era anche domandato cosa ci facesse tutti i giorni all'alba lassù tutto solo, sullo scoglio, che poi al pomeriggio non riusciva a stare sveglio, ma non aveva detto niente.

Si era solo affacciato alla finestra della cucina e gli aveva lanciato un fischio muovendo contemporaneamente la testa verso l'interno della Locanda come a spiegargli che doveva rientrare, che c'era da lavorare.

L'uomo coi baffi si svegliò di soprassalto. E a quel punto li vide.

Erano appena arrivati, quei due, sapeva che ci sarebbe stato da farli accomodare al tavolo, ma stava sognando una partita. Una delle sue. E stava vincendo e voleva vedere se lì, almeno in sogno, riusciva a battere tutti. Voleva finire la sua partita. Non voleva abbandonare sonno, sogno e partita proprio sul più bello.

Invece niente, se Enrico fischiava non era il caso di farlo aspettare. Rientrò affannandosi sotto il peso della pancia, del gran naso e dei baffi.

Rientrò per fare gli onori di casa. O di Locanda, per lo meno.

Aveva interrotto la sua partita per quei due che, per di più, appena li vide da vicino capì che no: non gli sarebbero stati molto simpatici.

Le giacche, il cappello della signora, «signorina mi scusi», «un ciocco nella stufa così stiamo tutti più caldi».

Ha ancora freddo? Se vuole diamo fuoco alla Locanda... qui è tutto di legno.

«E se posso permettermi, come avete fatto ad arrivare fino a qui?» sorrise.

«Ci siamo persi» confessò lui.

«Ti sei perso» marcò con la voce lei le colpe di lui.

«Mi... sono perso» accettò lui alzando le spalle e sbuffando un po' d'aria calda dal naso come spinta dal sorriso rassegnato che ne venne fuori. No, non gli stavano simpatici per niente. Almeno lei.

Li fece sedere all'unico tavolo in legno con le uniche due sedie di paglia intrecciata della Locanda dell'Ultima Solitudine e spiegò loro giusto due cose.

«Secondo la leggenda, la Locanda dell'Ultima Solitudine è una nave mancata interamente realizzata solo in legno di leccio.»

E indicò fuori dalla finestra. Il mare.

Poi corse via, sbandò leggermente su quella sua gamba che gli era diventata un po' stupida, con gli anni, e tornò con le prime due.

Le prime due perle.

Al centro del piatto di porcellana, due bianche perle grandi come solo le perle sanno essere piccole. E immense tuttavia.

Sorrise a mezza bocca, inclinò la testa proprio fino a metà; osservò lei, la lei che gli stava tanto antipatica, e come aveva letto che era giusto fare, dalla di lei spalla sinistra sussurrò:

«Non si faccia ingannare, è buonissima.»

Non una spiegazione di più.

Non una parola. Poggiò il piatto al cospetto della signora e la magia fu servita.

«Mi perdoni, e cosa sarebbe? Una pallina di zucchero?» Acidissima.

L'uomo coi baffi intanto servì il piatto a lui e non disse

nulla. Sorrise, si chiese perché mai quei due fossero venuti a rovinargli la partita. E la giornata.

«Le spiacerebbe portarci un po' d'acqua naturale?»

«Tiepida» si affrettò lei a correggere l'imprecisa ordinazione di lui.

L'uomo coi baffi tornò in cucina.

«Enrico, lasci stare le altre perle. Non si ostini a cavare il cuore della patata per questi qui. Non credo che i signori arriveranno alla decima portata.»

Enrico guardò l'uomo coi baffi, dalla cucina aveva sentito tutto, e pur non avendoli, rise anche lui sotto i baffi.

Enrico, il falegname che sbuccia le patate.

Dopo poco l'uomo coi baffi tornò al tavolo.

Ondeggiò strano sulla sua gamba mezza zoppa tenendo in mano i bicchieri lavati nel mare e asciugati nel cielo.

Fatica sprecata, per due così.

«I calici, a voi!»

E con un inutile svolazzo di braccia e un inchino fece per abbandonarli davanti ai piatti di porcellana. In mezzo alla tavola. Con al centro la perla. Il cuore della patata scavata da Enrico con la magia con cui fa tutte le cose.

Quando a richiamarlo fu lei.

«Mi perdoni. E quando possiamo vedere il menu?»

«Non c'è menu, signora.»

«Portate fisse, era scritto all'ingresso. Ha ragione. E, mi perdoni, quando crede che potremo mangiare?»

E allora l'uomo coi baffi se li lisciò con attenzione, aguzzò lo sguardo fino a vederle dentro, capì e indicò con l'indice della mano destra la perla che aveva nel centro del piatto.

Poi, come fosse la lingua di un camaleonte, richiamò velocemente dito e braccio, tirò su la testa, sorrise, fece un altro inchino e aspettò.

«Intende dire... che dovrei mangiare... la pallina di zucchero?»

«È una perla, signora. O un acino d'uva. O una bacca di sambuco, un risotto con l'ossobuco, o delle lasagne al pesto. O tutto quel che vuole.»

«Nemmeno sa cosa sia e io dovrei mangiarla?»

«Sì» e come non aveva mai fatto in tutti quegli anni passati alle dipendenze di Enrico nella Locanda dell'Ultima Solitudine, spiegò, senza andare più tanto sul sottile.

«È lei che deve prenderla, sentirne il profumo, se vuole, metterla sotto la lingua e immaginare il sapore del piatto che desidera.»

«Sta scherzando?»

«Mai stato più serio.»

Il vento squassò il mare. Che squassò lo scoglio. Che squassò il bosco. Solo all'Ultima Solitudine non accadde nulla. Finché lui non si infilò in bocca la perla.

«Amore: è vero.»

La succhiava come un bambino succhierebbe un gelato. E rideva.

«Amore, ti giuro: è vero. Ho pensato al coniglio alla lavanda e mi sto trovando a gustare il miglior coniglio alla lavanda che abbia mai mangiato.»

«E ha fatto bene, signore, solo le consiglierei di iniziare a immaginare dagli antipasti. Le portate sono dieci e l'ordine è importante se non vuole soffocare i gusti.»

No, lui non era tanto male. Rideva. Rideva e succhiava quella perla di patata che sapeva immaginare al sapore di coniglio alla lavanda.

«Amore, ma è il posto più incredibile in cui siamo mai stati! Dobbiamo portarci gli amici.»

Poi guardò il tavolo. Uno solo. E allora si corresse: «Dobbiamo tornarci!».

E si allungò sul tavolo per prendere le mani fredde di lei.

Si sentì a casa mentre finiva gli ultimi bocconi del coniglio alla lavanda.

«Una nave mancata. E perché mai?»

«È una storia lunga. Vi basti sapere che è una nave mancata.»

«Ma non va da nessuna parte una nave mancata» obiettò.

«Ma non fa nemmeno naufragio» rispose l'uomo coi baffi che forse, senza saperlo, l'aveva scelta proprio per quello.

Lei, intanto, non li guardava e aveva un broncio da far paura.

«E mi saprebbe dire almeno cosa contengono queste perle?»

«...»

«Gli ingredienti. Potrebbe per favore elencarmeli per capire se c'è qualcosa a cui io sono allergica?»

«Immaginazione, signora. Tutto qui. Le basta solo immaginare il gusto. Immaginare non può farle male.»

«Non credo mi faranno nemmeno bene. Chissà quante calorie hanno... È ridicolo. Questo posto è ridicolo.»

E con un dito secco come potrebbe essere il rametto di un nocciolo d'inverno la spingeva in avanti, la perla di patata, facendola rotolare sul piatto come fosse la biglia di Coppi al Vigorelli di Milano.

Poi, mentre ancora girava, di rabbia, l'afferrò tra indice e pollice della mano sinistra.

«Dài amore, prova. Mangiala. Ti aspetto per mangiare insieme la seconda. Parti con un prosciutto e melone, che vuoi che ti faccia un prosciutto e melone?»

«Prosciutto e melone...» sussurrò sovrappensiero e sorrise. Ma non era un buon sorriso.

«Una caprese, allora.»

«Una caprese...» ripeté con un tono inquietante.

Avvicinò il naso alla perla, la guardò da vicino in tutte quelle sue venature lucide.

La posò al centro del piatto e poi con l'unghia lunga, affilata, come una mandorla, la picchiettò leggermente.

«Allora me lo dice cosa c'è dentro o devo scoprirlo da sola?»

L'uomo coi baffi non rispose. E nemmeno avrebbe potuto farlo. Cosa c'è nelle perle dell'Ultima Solitudine? È solo una nave mancata, un naufragio, una speranza, l'America, la paura, i tedeschi, una capra, un bambino. Un abbandono. La fine. Un nascondiglio. Un segreto.

Cosa contiene quella perla? Sono davvero patate scavate? Le stesse con cui Enrico sconfisse i camion tedeschi? Immaginazione? Uno scherzo messo lì tra il bosco e il mare, tra il cielo e il sale? In cui tutto sembra così strano che certe cose fanno rima da sole?

C'è un certo incanto nei boschi, li si attraversa solo senza sentiero. C'è una certa estasi sulla spiaggia dello scoglio solitario che beffò il mare restando scoglio e fu beffato dagli alberi trasformatisi in bosco (poi nave o nave mancata che sia).

«Allora? Me lo dice o la apro?»

E già cominciava con l'unghia a scalfire la scorza della perla saporita. L'uomo coi baffi non disse nulla. Non aveva storie a riguardo.

O meglio, non disse nulla a voce alta perché tra i denti, tra i pensieri, tra i baffi sussurrò: «Io non lo farei».

Così piano da avere la coscienza pulita (gliel'aveva detto).

Così piano che lei non lo potesse sentire. L'unica cosa che si sentì, in quel silenzio che è il frastuono del mare, furono due *tack* (*tack*).

Il *tack* della perla che si spezza. Il *tack* (*tack*) dell'unghia che colpisce il piatto di porcellana.

Vuoto.

Capitò tutto troppo in fretta e contemporaneamente perché lo si possa descrivere bene.

Lui urlò mentre la perla si rompeva mentre le labbra di lei impallidirono mentre lei tremava tutta.

Quindi svenne picchiando la faccia nel piatto di porcellana mentre dalla perla tagliata usciva una bava di sangue.

Rosso.

Cupo.

Ecco cosa contiene la perla dell'Ultima solitudine.

Un silenzio nuovo coprì ogni cosa.

Poi l'uomo coi baffi, con calma, molta calma, andò a prendere l'aceto.

25

Nove anni sono tante cose.

Sono nove estati, nove Natali, tremila giorni, circa. Sono quasi cinque milioni di minuti, qualcosa che, calcolato in battiti del cuore, quasi non ha nemmeno i numeri per essere contenuto.

Nove anni sono tante cose. Furono il tempo che ci volle a Libero per capire che, tra fidanzamento e matrimonio, aveva scelto la persona sbagliata.

Lo capì così come scappa la pipì, all'improvviso; così come si capiscono le cose: in un secondo. Nel secondo in cui crolla tutto. E non resta più nulla. Come l'universo che un secondo prima di scoppiare ha ancora tutte le sue belle cosine a posto: le zucchine negli orti, i mari tra gli scogli, le quattro e mezzo appese a dondolare dai campanili alti, il blu nel cielo. E nella casa di Libero.

Poi un secondo dopo è la fine del mondo, tanto che anche la casa non era più blu.

("Tesoro, perdonami, la tinteggiamo? È che ci guadagniamo in luminosità... questo blu mi sembra così scuro...")

E tutte quelle incongruenze belle chiare ed evidenti fin dall'inizio diventano belle chiare ed evidenti solo da quel momento in poi. Dal secondo in cui crolla tutto.

Libero provò a parlarle. L'avrebbe presa larga, ma le avrebbe parlato.

Una volta, due anni prima, guidando, si erano fermati al semaforo, era rosso.

E lui le aveva detto: "Io credo di non amarti".

E lei era stata zitta.

Poi era scattato il verde e avevano ripreso ad andare.

Alcuni giorni dopo lei gli aveva detto: "Libero, sai che non ho capito quello che mi hai detto al semaforo?".

"Niente" aveva risposto lui.

Ed era stato così. Come se nulla fosse.

Ma non erano ancora passati nove anni. Ora aveva capito. E sarebbe stato più deciso. Chiaro. Definitivo.

E le raccontò della fine del mondo.

«Vedi, pensavo, la fine del mondo, mi affascina.»

«Che carino che sei, pensi alla fine del mondo...»

Sorride. Batte le palpebre. (Libero la vede ancora sfocata. L'ha sempre vista sfocata.)

«Sì, ci penso e devo dire che mi piacerebbe vederla. Tanto. Senti me, morire dobbiamo morire tutti, no? E allora sai che bello assistere alla fine del mondo? Essere proprio lì quando capita? Onde alte come palazzi, i cieli che si squarciano...»

Gesù, ma dove stava andando a parare? Non l'aveva presa bene, non l'aveva imboccato giusto il discorso che voleva farle. Aveva iniziato meglio due anni fa... ma ora era lì impelagato con la storia della fine del mondo, non poteva lasciarla cadere. Aveva iniziato, doveva andare avanti.

Si ritrovò a gesticolare come un predicatore americano. Lei lo guardava stupita.

«No, dicevo, onde come palazzi, cielo squarciato, nubi che cadono come mosche... che poi che spettacolo è?, mi sono chiesto io, com'è? Deve essere per forza pazzesco, no? La fine del mondo... uno spettacolo che è la fine del mondo, no?»

Lei lo guardava sempre più stupita, lui la vedeva (sempre più) sfocata. Continuò.

«Quindi anche bello, no? Come spettacolo, dico io, bello. Bello. Potentissimo! Bello perché poi è anche uno spettacolo che ti puoi godere in santa pace, tutto per te. Non è che hai l'ansia di doverlo raccontare a qualcuno e devi stare attento ai particolari, a chi lo racconti? È la fine del mondo!

Te lo guardi sereno, rilassato. Magari ti sdrai pure. Ti accendi una sigaretta (mima il gesto. Poi riparte), non è che hai l'ansia di fare delle foto: "Vedi, zia Vanda, questo è il momento in cui l'asteroide ha distrutto la Terra e ci ha mandato tutti all'altro mondo", non è che hai l'angoscia di dover fare dei filmini da vedere poi a casa di amici: è uno spettacolo grandioso, è la fine del mondo, ed è tutta per te. Te la godi tranquillo. Ah, che bello!»

Sospirò come avesse finito. Lasciandosi cadere sul divano.

«Libero, perdonami» gli si accucciò al petto strisciando nella sottoveste «non ho capito mica tanto bene dove vuoi arrivare. Cosa vuoi dirmi? È finita la carta igienica in bagno e non l'hai comprata?»

Silenzio.

«No, niente. Pensavo. Pensavo che tolta questa roba qui, la fine del mondo, che è il peggio che possa capitare, che comunque abbiamo visto essere una bella cosa, cosa può esserci di brutto al mondo? Cos'è che può esserci davvero di doloroso e insopportabile se pure la fine del mondo è un grande spettacolo tutto da godersi, no?»

Lei gli scivolò fin sul collo con le labbra, lo strinse forte a sé. Lo baciò rastrellandogli con le dita i riccioli rossi.

«Come sei carino, Libero. Ti preoccupi sempre di tutto. Ti preoccupi che io possa soffrire.»

E se avesse fatto centro? E se con quella cagata sulla bellezza della fine del mondo avesse fatto centro davvero? E se avesse capito?

«Ma io non mi preoccupo, sai? Non mi preoccupo, non ho paura di soffrire. Non ho paura di niente! Succeda quel che succeda, io so di essere forte. Lo so perché tu sarai con me. Sempre. La mia forza, la mia scorta di energie. Il mio serbatoio di vita. Cosa può succederci di male se stiamo insieme e ci amiamo?»

"Semplice: che non ci amiamo e stiamo insieme!" urlò.

Oddio, urlò... avrebbe voluto urlare.

Avrebbe voluto urlare forte come in preda a una bomba che esplode. Pensò di farlo. Ma non disse niente.

Poi ricambiò l'abbraccio senza dire una parola.

Nove anni sono tante cose.

Furono il tempo che ci volle a Libero per capire che aveva scelto la persona sbagliata. Ma a volte capire non basta.

A volte ci vogliono dieci anni.

E un treno. E allora, la fine del mondo, poi, arriva davvero.

26

Viola aprì la portiera dell'automobile di don Piter e tirò un sospiro di sollievo.

«Santo cielo, ma dove hai preso la patente?»

«Le vie del Signore sono infinite...»

«E sono anche tutte dritte! Sembra che tu non abbia mai fatto una curva in auto prima di oggi...»

Era vero, non guidava benissimo don Piter, anzi. E come non bastasse, la strada che scendeva da Bisogno fino ai piedi della collina era una strada complicata, fatta di tornanti, buche, sterzate nette e brusche e poi controsterzate improvvise.

Don Piter l'aveva percorsa a tutta velocità. Perché aveva fretta, certo, e non solo di arrivare, ma anche di tornare a Bisogno prima che qualcuno si accorgesse che si erano allontanati. E che lo avevano fatto insieme.

Quando don Piter le aveva afferrato la mano e l'aveva trascinata davanti a un portone di legno Viola si era sentita un po' intontita.

«Sei pronta a tenerti l'anima stretta?» le aveva chiesto lui e Viola aveva detto sì, come se quella fosse una domanda vera.

Avevano aperto il portone, erano scesi per alcuni gradini di pietra.

Il giardino in cui don Piter la stava conducendo era scavato in un terreno più basso rispetto a quello della strada, come fosse più nascosto. Più basso. Più vicino al centro della Terra.

Appena aveva visto quel francobollo di terra ben esposto al sole e protetto dalle intemperie l'aveva subito comprato (ci aveva investito tutti i soldi che aveva più le monetine delle offerte per gli orfanelli della sua prima chiesa...) e aveva iniziato a lavorare al suo progetto come in un sogno. Era uscito dal seminario da poco, era giovane, e quell'idea lo elettrizzava più di qualsiasi altra. Era stato fortunato, era stato costante e ora che quell'orto era praticamente completo ne provava una soddisfazione quasi fisica.

«Chiudi gli occhi, Viola, e stai tranquilla: mangiano le anime, è vero, ma sono piante e se non ti avvicini tu, loro non hanno modo di venirti a prendere.»

Viola ubbidì e sentì don Piter che le poggiava le mani sulle spalle.

«Ti giro io, se no rischi di non vederle tutte e sarebbe un peccato. Ci siamo. Ora se vuoi puoi aprire gli occhi.»

E Viola li aprì. E le vide. Come qualcosa di incredibile.

«Sono tutte» prese a spiegarle don Piter. «Sono quasi tutte, a dire il vero. Sono quasi tutte le piante citate nella Bibbia. Novantasei. Piantate a forma di spirale. Al centro la prima citata e poi, via via, come a inseguirsi, tutte le altre.»

Viola rimase senza fiato. Ma cosa stava guardando?

Una chiocciola lenta, il guscio di una conchiglia fatta di rami, foglie, fiori. Una mongolfiera di colori che respira e si avvita su se stessa. Piante. Piante sacre. Le piante della Bibbia.

«Questa è l'unica cosa tra tutte quelle descritte nella Bibbia che io sia riuscito a far spuntare. E crescere. Ed è una cosa bella, no?»

«No» gli rispose Viola «è una cosa bellissima... che quasi non ci si può credere per quanto è bella.»

«Io la Bibbia l'ho letta decine di volte. E fin da bambino ho sempre preso appunti. È per questo che mi hanno mandato in seminario. Perché mi segnavo, con precisione maniacale, nome, specie, famiglia di tutte le piante citate nel testo sacro. Il nome antico, s'intende. Quello latino, greco o persino aramaico quando lo trovavo nelle note. Le sementi le ho recuperate negli anni, una a una. Ho cercato quei semi di 2000 anni fa ovunque andassi.»

«E li hai trovati tutti?»

«Quasi, quasi tutti. Non è stato facilissimo. Ad esempio il fagiolo della Palestina, della qualità esistente nel primo secolo avanti Cristo, è stato complesso da trovare. Dall'ortolano non c'è mica...»

«Posso non crederci?»

«Certo, Viola, certo che puoi. Qui non serve crederci, non serve la fede. Qui serve solo l'innaffiatoio...»

Ecco cosa stava guardando: un giardino dell'Eden a forma di scala a chiocciola. Il giardino della Bibbia cresceva nel cortile di don Piter.

Il sicomoro di Zaccheo, c'era...

L'ulivo del Getsemani, c'era...

La vite del vino delle nozze di Cana, c'era...

Le palme di Gerusalemme, c'erano...

Il gelso che se si ha fede va a piantarsi nel mare, c'era...

Il ginepro sotto il quale Elia si addormentò, c'era...

La rosa senza spine dei Proverbi, c'era...

La lavanda gialla di Maria, c'era...

Il ricino per la cui morte pianse Giona, c'era...

L'assenzio delle notti stellate, c'era...

I cavolini di Bruxelles, ovviamente, mancavano, ma tanto quelli non piacciono mai a nessuno.

Unica concessione extra rispetto al testo sacro: i pomodori. I pomodori c'erano.

«Sai, Viola, nella Bibbia effettivamente non sono nominati. Ma nella mia insalata ci stanno benissimo... e ho pensato che sarebbe stato un peccato non metterli.»

Un peccato, certo.

«Dài, seguimi: ora ti faccio vedere la pianta che se fosse scordata sarebbe un problema per tutti...»

Don Piter cominciò a correre e Viola lo seguì in quel vortice di piante che si faceva sempre più stretto. E mentre correva, don Piter buttava lì i nomi di quelle piante di cui anche i profeti, anche Gesù, avevano annusato le fragranze. Non c'era l'ulivo qualsiasi, c'era proprio quello di Gesù.

A pensarci faceva impressione.

Faceva impressione perché il mandorlo che c'era lì non

era quello da farci la granita, era quello del bastone di Aronne, quello della tenda della testimonianza.

Quello che Mosè, alla presenza del Signore, portò a tutti gli israeliti. E lo zafferano, mica quello del risotto con l'ossobuco, ma quello del Cantico dei cantici, del giardino che sboccia amore e lo culla nel proprio profumo.

Quando si fermarono, don Piter aveva il fiatone.

«Sai perché da bambino ero triste quando ho incontrato il papa?»

Viola sorrise. Scosse la testa. Non parlò. Quella storia del suo incontro col papa era assurda, non poteva pensare che lei gli credesse davvero.

«Sai perché ero arrabbiato, triste e piangevo? Lo sai perché?»

«No, non lo so...»

«La senapa» pronunciò lentamente don Piter. «La senapa! Dio mi strafulmini se ho capito, in tanti anni che la studio, che razza di seme è quello del granello di senapa. Quello che quando viene seminato è il più piccolo di tutti i semi che sono sul terreno e poi cresce e diventa più grande di tutte le cose e fa rami così grandi che gli uccelli possono fare il nido alla sua ombra! È questo il seme che io volevo trovare, e non ho mai capito quale possa essere! Non esiste una pianta così! Non esiste una pianta che si chiama senapa! E io volevo chiederlo a lui: al papa. Se non lo sa lui, chi altro può saperlo?»

E Viola avrebbe anche voluto buttarla lì: "Cretino, sarà la senape, no? E c'era da andare a insultare il papa per un granello che sui testi sacri viene scritto *di senapa* e che tu non hai capito essere *la senape*? C'era da scomodare il papa per un refuso nella Bibbia?".

Non disse nulla. Ancora una volta non disse nulla.

E nemmeno disse nulla quando don Piter la abbracciò.

Il sole. Il giardino dell'Eden ed Eva, la prima donna. E Adamo. Il primo uomo.

«E quello. Quello lo sai cos'è?»

Don Piter la teneva abbracciata da dietro. Il suo petto pigiava sulla schiena di lei, il suo braccio destro le passava sotto al seno, pieno, quello sinistro indicava l'albero al centro del giardino. Un albero strano. Dalle grasse foglie giallastre maculate. Piccolo. Curvo. Malato.

Viola non fiatò.

«Quello è il melo, Viola. Il melo di Eva. Ho fatto anni di ricerche per capire bene se fosse di quella varietà o meno. Secondo la tradizione non ci sono dubbi, è quello. Una varietà di mela rara di cotogno antico che cresce solo in Palestina. Da millenni.»

L'albero. L'albero della conoscenza del bene e del male.

«E sai cosa penso?»

«...»

«Penso che Eva sia stata una sciocca.»

Sciocca. Disse proprio così: sciocca.

«Quella è la peggiore qualità di mele esistente al mondo. Mele amare, buccia dura, con semi grossi e neri. Tanti. Fossi stato in lei, avrei preferito l'azzeruolo: c'era anche lui nella Bibbia, una melina dolcissima, o il frutto del melo grigio, che però c'è solo in inverno. Ma perdere tutto per una mela che fa schifo... è stata proprio sciocca. Ecco: è quello l'albero che dovresti accordare.»

E solo allora, Viola parlò.

«Don Piter» disse staccandosi un po' da quell'abbraccio molle, «tu al posto di Eva l'avresti mangiato il frutto del melo proibito? Quale che fosse...» Così, con più paura che malizia.

«Chi lo sa Viola, sono un uomo anche io.»

«Ma Eva era una donna.»

«Appunto...» e serrò l'abbraccio su Viola. Come fosse la sua mela.

Viola, però, prima di chiudere gli occhi la vide davvero.

Grossa, verde, con un morbillo di puntini gialli. La mela di Eva. Era bruttissima. Come aveva fatto a farsi tentare da una cosa così ripugnante?

Non aveva avuto una mamma, o un papà, che le avevano detto di non mangiare certe cose?

Eva, la prima donna. No, forse Eva no, non l'aveva avuta una mamma. E nemmeno un papà.

Poi un refolo di vento le accarezzò le orecchie. Le disse

che quello che stava per accadere era giusto. Giusto e bello. Di non preoccuparsi.

Ma che diavolo era?

"Ci sarà mica citata anche la menta nella Bibbia?" pensò.

Era tardi.

La canottiera era già scivolata vicino alle lenticchie di Esaù, lasciando scoperti al sole due seni duri come di pesca e una schiena lunga e muscolosa come il peccato.

Erano le vertebre di Viola.

Lentamente, sotto i baci di don Piter, persero e assunsero colore.

Si fecero alcune bianche, altre si fecero nere.

E come tasti di pianoforte si fecero suonare.

Tutte.

27

Ci sono giorni in cui sembra che nulla di straordinario possa davvero accadere. Sono quei giorni che scivolano lenti, placidi, e che hanno così poco da raccontare che non hanno la forza di passare perché non sanno dire come andranno avanti. E restano fermi.

Ci sono vite intere che funzionano così.

Libero, quel giorno, aveva già ritirato le sue cose. Si era preparato per uscire dall'ufficio e, come se avesse finito anche i pensieri, non faceva altro che osservare le lancette del suo orologio aspettando che raggiungessero la forma della freccia. Le 17.40.

Ma non perché non potesse andarsene prima, il suo lavoro finiva alle 17.30, è che solo a quell'ora, per non generare sospetti, aveva senso mettersi a pedalare verso la stazione.

Sì perché se qualcuno, alle 17.40 di ogni giorno qualsiasi di quell'anno in cui ormai nulla di straordinario sembrava più poter accadere, avesse chiesto a Libero perché avesse preso a pedalare fino alla stazione della Città Grande e, una volta lì, legata la bici a un palo continuasse ad arrampicarsi fino al binario sette quando il suo ufficio era a trecento metri dalla sua casa tutta bianca, lui avrebbe risposto facile e d'istinto: "Per prendere un caffè".

Che era una scusa perfetta per nascondere il vero motivo per cui andava in stazione: il regionale delle 17.45.

Una volta in stazione, in realtà, per rendere la bugia un po' più vera, il caffè lo beveva, ma poi correva al binario.

Quello del regionale.

Quello sempre uguale.

Un treno piccolo, tre carrozze, che sembrava arrivare dritto dritto dal passato e correva dritto dritto fino a chissà dove.

Fino a laggiù.

Ci era finito la prima volta per caso, dopo il lavoro, portato lì dalla voglia di non andare a casa e mettersi in pantofole e pigiama a quell'ora, le 17.31 ("Così quando c'è da andare a nanna, sei già pronto...").

Ed era stato allora che l'aveva vista la prima volta.

La locomotiva.

La carrozza.

E poi quella donna.

Seduta al terzo finestrino di quel treno. Leggeva. L'aveva vista leggere tutte le volte.

Così assorta in quella lettura dimostrava un'età indefinibile, pur non essendo certo giovane.

E aveva una fisicità quasi da betulla, esile e lunga, per quel che Libero poteva vedere.

Quella donna lo aveva meravigliato. Alla fine, lui, la sua lei, non l'aveva mai trovata. Forse perché non l'aveva mai cercata davvero. Forse perché si era fatto trovare, era stato scelto senza scegliere. Forse per una volta doveva scegliere. E gli sembrava che quella donna potesse essere una scelta. Fosse anche solo di prendere il treno per parlarle. Libero si dava sempre molti buoni consigli, quelli che poi era bravissimo a non seguire.

Eppure aveva l'impressione che quella donna, quasi con quel suo silenzioso e indifferente passare, avesse davvero qualcosa da dirgli. Quasi come in lei riconoscesse una risposta a qualche domanda che non le aveva ancora fatto. Il treno, tre vagoni, si fermava nella Città Grande, il vento soffiava dai binari fino a scompigliargli un po' i ricci rame, lui la guardava leggere, la vedeva ripartire. Né bella né brutta: serena.

Né giovane né vecchia: calma.

Serena e calma nella sua lettura, serena e calma nel proprio viaggio, serena e calma nel proprio andare. Cosa sono le vite degli altri se non dei misteri silenziosi che possono però, in qualsiasi momento, cambiare il mistero della nostra vita?

E quella donna era davvero così come sembrava?

E come mai lui, Libero, si sentiva così attratto da quell'appuntamento che non gli rubava mai più di un istante, di un passaggio, di un treno che trasporta qualcosa?

Se ne convinceva ogni istante di più: quella viaggiatrice non era un caso. Perché non poteva essere un caso che lei viaggiasse a quell'ora e si sedesse sempre allo stesso posto sullo stesso treno. Chi fa così, con quel metodo costante, lo fa per raccontare qualcosa.

È una presenza ordinata che ha senso. E non manca mai.

Libero la osservava un minuto o poco più, tutti i giorni. Lei non l'aveva visto mai invece.

Lui, di solito, arrivava sul binario trenta secondi prima del treno, giusto per poterla aspettare. Non aveva idea di dove andasse né da dove venisse. Non aveva idea di nulla. Identico oggi, domani e dopodomani. Identico anche dopo dopodomani. Identico per giorni e giorni a convincersi sempre di più che lei, con quel suo silenzioso e indifferente passare, avesse qualcosa da dirgli. Fino a quando, in un giorno che Libero colse differente chissà in che cosa, si decise.

E salì sul treno.

28

«E tu ti ricordi perché stavamo ridendo?»

Una donna. Ha l'età di chi sa di avere molti anni.

«Ma quando?»

Un uomo. Siede di fronte a lei.

All'unico tavolo della Locanda dell'Ultima Solitudine.

Lui la conosce da sempre. E dallo stesso tempo la ama.

«Quando ci siamo baciati per la prima volta? Ti ricordi cosa ci faceva ridere?»

Intanto il vento entra ed esce dalla finestra.

Per discrezione: esce; perché non regge alla curiosità di starli a sentire: rientra.

«I ricordi... a me viene da ridere adesso se penso all'ultima volta che ci siamo baciati.»

«Ma che ti ridi? Ci saremo baciati quattro minuti fa.»

«Appunto, non ci si bacia più alla nostra età. Fa ridere che due vecchi come noi si bacino ancora, no?»

Sulle braccia ha la pelle come una pesca cotta al forno. Bella.

E lui occhi che se avessero dentro degli scaffali per collezionare le cose viste, quegli occhi, sarebbero biblioteche comunali. Dei Comuni grandi.

Quanti anni avevano? Tanti. Tutti quelli che gli erano serviti per imparare ad amarsi così.

«Forse è vero. Alle nostre età, alla mia età, alla tua età, non ci si dovrebbe baciare più. Ma alla nostra età, all'età che siamo noi due insieme, all'età che siamo noi, al tempo che rappresentiamo, dobbiamo baciarci per forza. Noi abbiamo sempre l'età dei baci.»

«Dici?»

E lei lo baciò.

L'uomo coi baffi arriva adesso. Con una mano serve la prima portata. La prima perla al centro del grande piatto di porcellana bianca. Svolazza sui tacchi, sorride, si gira sulla gamba sempre più stupida. E se ne va.

Il vento lo segue.

Poi torna a sentire il resto. E il vento con lui.

«Però mi piacerebbe che tu ci pensassi. A quel che ci fece ridere, allora. Dopo il nostro primo bacio.»

«Non lo so. Davvero non lo so. Però me lo ricordo anche io che ridevamo.»

«E non ti fa ridere, adesso, a distanza di tutti questi anni, che non ci ricordiamo per cosa ridevamo ma che ci ricordiamo che ridevamo?»

«Sono molto felice di essere sempre stata tua.»

«È che non capisco come abbiamo fatto. Come abbiamo fatto anche adesso, a venir qui, in questa Locanda, per mangiare queste... perle. Come ci siamo riusciti?»

«A stare insieme tutti questi anni? Forse perché nella vita si incontrano tante persone sbagliate. E poi, se si è fortunati, si incontra la persona giusta.»

«Ma va'... che storia stupida questa. Non esiste la persona giusta. Non esiste perché siamo tutti un po' sbagliati...»

«Allora basta trovare lo sbagliato giusto.»

«Lo sbagliato giusto?»

«Sì, lo sbagliato giusto.»

«Ecco come ci siamo riusciti. Forse noi abbiamo sempre fatto tanti errori. Come tutti. Solo che siamo stati sempre i nostri sbagliati giusti. Siamo il nostro modo giusto di sbagliare.»

«Ed è stato bello. Se non sbaglio...»

«No, non sbagli.»

Finirono le perle. Tutte e dieci.

Poi chiesero se il mare fosse lontano. Fu Enrico, quella volta, ad accompagnarli sullo scoglio.

Era pomeriggio. I due signori dovevano ancora tornare a casa.

«Se avete freddo, qui sullo scoglio, potrei portarvi una coperta.»

E fu lui a rispondergli.

«Vede, Enrico, se qui, a Punta Chiappa, alla Locanda dell'Ultima Solitudine, a un passo dal mare, abbracciato a lei, dopo aver mangiato le sue perle, io dovessi notare il freddo, davvero sarei un pessimo osservatore.»

Enrico li vide abbracciarsi.

E li lasciò soli.

Proprio come è giusto che facciamo anche tutti noi.

29

Titolo: È l'ultima volta che ti scrivo.
Numero: 223
Data: 28-9-20lasciamostare

Ciao papà, lo sai già, questa è l'ultima volta che ti scrivo, ma è successa una cosa così strana che se non te la racconto, giuro, muoio. E allora eccomi qua. Sai quanti sono i gradini del campanile di San Rocco? Quello che sta su, su, su, al fianco della chiesa, in cima alla collina di Bisogno? Be', te lo dico io, sono 186. Non è che mi sono data a scalare i campanili e a contare i gradini, è che ieri don Piter mi ha portato lassù a far l'amore.

Sì, hai capito bene, papà, a far l'amore. E sì, hai capito bene anche il resto: don Piter.

Don Piter!

Un prete.

Suona da Dio, coltiva tutte le piante citate nella Bibbia e fa soprattutto il missionario. Nel senso della posizione. Non è nemmeno la prima volta che te ne parlo (né che facciamo l'amore), è che quando l'ho fatto nella lettera 189, quella del concerto notturno alla chiesa – al limite, se non l'hai già buttata nel camino, rileggila –, ai tempi, non sapevo che fosse lui. Don Piter. A suonare, intendo. Insomma, sì, la cosa strana è che ieri mattina presto abbiamo fatto l'amore sulla cima del campanile di San Rocco.

Ci sono le campane, è vero, suonano ogni mezz'ora, è vero, ed è per questo che lui prima di salire ha disattivato il timer che le aziona così che non si mettessero a suonare stordendoci completamente. Magari sul più bello. È vero.

Ce ne siamo dimenticati, poi, è vero, come è vero che ci siamo appisolati. Com'è vero che il campanile è rimasto senza battere le ore tutto il resto della mattina e quando, a mezzogiorno, la gente del paese è venuta a cercare di capire il perché non funzionasse più nulla – forse nella fretta, per errore, avevamo fermato anche il timer dell'orologio – ha trovato la porta del campanile aperta, e ha pensato a un guasto.

Così qualcuno è salito. È vero, ci hanno trovato lì. Addormentati. Nudi. Io e don Piter. È vero. Com'è vero che ora lo sa tutto il paese: ha fatto prima la notizia a diffondersi in provincia che l'orologio del campanile a ripartire.

"Hai visto?" "Hai sentito?" "Don Piter sul campanile." "Nudo." "Con Viola." "Nuda anche lei." Un giornale locale ci ha fatto anche la prima pagina: "Curato di campagna gioca al dottore sul campanile di San Rocco", ha titolato.

E il vescovo, che l'ha letto quell'articolo, sembra abbia detto solo così: "Don Piter! Ma cazzo, ancora?".

Hai capito? Il vescovo ha detto cazzo!

Perché lo abbiamo fatto? Perché dal campanile si vede tutto. Tutto. Le colline, il lago d'Orta, le vigne. Si vede tutto. Che se lo guardi, quel tutto, finisce che fai l'amore anche senza far nulla. Fai l'amore perché fai parte di quel tutto. Perché anche se non l'avessimo fermato noi, l'orologio, anche se non le avessimo fermate noi, le campane, quando fai una cosa del genere dal tempo ci esci ugualmente. Tutto si ferma. Resta solo un campanile puntato verso il cielo. Un dito teso a suonare il campanello del paradiso e a chiedere: "Permesso. Si può?". Che si è già lì. In paradiso. Poi però si scende. Si cade. Si sbatte il muso.

Non so, papà. Non so proprio. E non voglio sentire paternali: ho fatto sesso con un prete, parecchie volte, tu hai abbandonato me e mamma. Io ho fatto l'amore, tu hai fatto il vuoto.

Fai tu i tuoi calcoli su chi ha fatto peggio e regolati di conseguenza. Mamma cosa ha detto? Urla. Ha delle stanze apposta. E le affitta pure (leggi la lettera numero 16). E scrive le omelie per don Piter, che non le sa scrivere. Le compra dalla mamma. Eh già papà, perché la cosa strana, onestamente, non è che io abbia fatto l'amore con un prete e che tu da anni sia sparito nel nulla. La cosa strana non è che lui coltivi le piante della Bibbia (leggi lette-

ra 201) o che suoni il pianoforte da Dio. E non è nemmeno che io non mi senta in colpa per tutto questo.

La cosa strana è la mia vita. Tutta.

Ricordi cosa mi dicevi? "Se vai a letto con un uomo assicurati solo di una cosa: che non sia sposato." Vedi, papà, non mi hai mai dato un solo consiglio giusto in tutta la mia esistenza, perché don Piter, sposato, non lo è ma non va bene lo stesso che io ci vada a letto!

Faccio l'amore con un prete che paga mamma perché gli scriva le omelie da raccontare a chi crede a Dio. Fa uscire il sangue dal naso, una cosa del genere...

Accordo i fiori scordati e mi faccio prendere per il culo dalla menta. Ecco, questa è la mia vita. Non mi va. Così ti ho scritto per salutarti. Questa è davvero l'ultima volta che ti scrivo. Vado via.

Dove? Non so, papà, e comunque non sono fatti tuoi. Parto. Bisogno non fa più per me. Ho bisogno, sì, scritto minuscolo, bisogno, d'altro. Di libertà. Della libertà che qui non ho. Da te, dal tuo fantasma, dalla mamma che urla per scacciarlo, dai fiori da accordare. Che facciano senza di me pure loro. Fanculo alle radici. E fanculo pure a te. Papà. Ti ho scritto un pensiero anche oggi, parla dei galli. Te lo lascio alla fine della pagina.

Viola

Pensiero per quando non vengono le parole Numero 223:

"Quando un gallo canta nella nebbia, il tempo o cambia o rimane com'è. Io invece cambio. Fanculo pure al gallo."

Viola rilesse di corsa. Poi rilesse ancora tutto. Con calma. Tante piccole lettere perfette, una grafia deliziosa da bimba fattasi adulta. C'era tutto. Poi prese la lettera e la imbustò. Come aveva fatto per tutte le 222 che l'avevano preceduta. La piegò e la imbucò nella tasca del proprio io. Per non dimenticarla. Mai.

30

Tre carrozze. La locomotiva e altre due. Un posto vuoto accanto al suo: è là che si lasciò cadere Libero. Lei leggeva. Come sempre. E come sempre, fino ad allora, di Libero sembrò proprio non accorgersi.

Finché, sporgendosi in avanti dal proprio sedile, lui non entrò nel suo campo visivo. La guardò negli occhi, aspettò ancora un secondo e poi lo disse:

«Posso farle una domanda?»

«Se vuole chiedermi se può riportarmi il mio baule, la risposta è no!»

Libero restò senza parole.

«Baule? Ma che baule?»

«Libero! Sono Lena!»

«Ma no! Ma Lena chi? Non può essere lei! Io di Lena ne conosco solo una e me la ricordo, Lena era... era...»

E non riusciva a ricordare un solo dettaglio di quella donna.

Tanto che avrebbe voluto aggiungere: "E l'avrei riconosciuta subito, se no...", se non fosse che in questa storia non aveva mai riconosciuto nessuno, nemmeno una volta. Passarono dei secondi molto lunghi prima che cominciassero a parlare.

«Ma che ci fa su questo treno?»

Libero le spiegò come e quando l'aveva notata mentre il treno, contro sole, andava ad arrampicarsi verso il proprio futuro arrivando dal proprio passato.

Verso la propria destinazione.
«L'ho vista per caso un giorno in stazione. Ho avuto come l'impressione che...»
«Che?»
«Che avesse qualcosa da dirmi.»
«E cosa avrei avuto da dirle...?»
«E che ne so, se lo sapevo mica dovevo salirci su questo treno, no?»
Infatti forse, pensò, non doveva salirci. E pure senza biglietto e nemmeno sapendo dove fosse diretto.
«Sa che lei mi fa davvero divertire, Libero?»
«Addirittura, divertire.»
«Ha il coraggio di salire su un treno a caso e poi non sa che strada prendere per la sua vita.»
Libero la guardò bene.
Dovette proprio metterla a fuoco a fondo e cercare nella memoria lontana un ricordo che potesse dare un senso a quella frase. L'aveva già vista, certo. Ecco cosa l'aveva colpito di quella donna, il fatto che l'avesse già vista.
Anzi, si erano già parlati. Molti anni prima. Dieci, per la precisione.
E allora, lentamente, Libero qualcosa cominciò a ricordare.

31

«IO ME NE VADO!»

«E ti sei domandata cosa dirà tua madre quando urlando le dirai che vuoi andare via?»

«No, non me lo sono chiesta.»

Quindi con coraggio Viola continuò:

«E poi mia madre sei tu. Di' quello che ti pare: domani parto.»

«Intanto» disse Margherita «dico che avevo ragione io! La gente tornerà a urlare. Tu compresa, come vedi. E poi ti dico che tu non andrai da nessuna parte.» Pausa. «Almeno per mezz'ora. Ci devo pensare a cosa dirà tua madre quando urlando le dirai che vuoi andartene.»

A quel punto Margherita si alzò da tavola e vide sua figlia, Viola, come non l'aveva vista mai: grande.

Adulta.

Sapeva benissimo che non avrebbe potuto trattenerla.

«Dammi mezz'ora, però. Dammi mezz'ora per riflettere.»

Si alzò dalla sedia con una stanchezza ostinata e salì all'ultimo piano della Casa del Petalo.

Il secondo. Le scale un po' buie, il corridoio a sinistra, ultima stanza a destra.

«Mezz'ora ho detto, dammi mezz'ora! Non muoverti da lì.»

La porta si aprì e si chiuse. Sbatté.

La sua stanza per urlare.

E Margherita urlò.

Urlò così forte che le si deformò il viso.

I vetri fecero fatica a contenere tutto quell'urlare. Quell'urlare di dolore. Di abbandono. Di sconfitta di una madre che vede sua figlia andar via con la rabbia di chi non vuol tornare. Di solitudine. Di morte. Di frustrazione. Di sconforto. Di distanza. Di amore. Di solitudine. Che era tanta che vale la pena ripeterla. Di sconfitta, sua, che non aveva saputo accordare, lei che accordava i fiori, il suo fiore migliore: Viola.

Un urlare di ventinove minuti esatti. Infinito. Da paralisi alla mascella.

Un urlare infinito.

Per se stessa.

E per Viola.

Poi l'urlo finì.

Nel vento e nella gola di Margherita.

Quando tornò al pian terreno, nella cucina semibuia della Casa del Petalo, Viola era ancora lì. In piedi. Non si era mossa di un centimetro.

Paura e dedizione, mentre il cuore di Margherita si riempì ancora di collera, disagio, incertezza. Comprensione.

La guardò a fondo. E il primo pensiero fu tremendo.

"Mia figlia mi abbandona."

E il secondo fu anche peggio.

"E forse fa anche bene."

«Io parto» disse Viola.

«Sei partita da tempo, figlia mia.»

«Stavolta però parto davvero.»

«Lo so.»

«...»

«Si vede già che non ci sei più.»

Silenzio.

Di quei silenzi belli però.

Pieni di parole.

Un silenzio bello che quando finì andò avanti così:

«E allora vai, Viola. Vai pure là dove vuoi andare. Torna più bella, più forte e più felice per insegnarmi come si fa a diventare più belle. Forti. Felici. Oppure se per essere bella, forte e felice devi stare dove sei arrivata, resta. Resta lì.

Imparerò anche io dal tuo esserci riuscita senza essere tornata per spiegarmelo.»

In quella cucina c'era una tensione che non si sarebbe tagliata con il coltello.

E in quella cucina c'erano coltelli che avrebbero tagliato qualsiasi cosa.

È strano vedere come si abbracciano una Viola e una Margherita.

È strano vedere il vento che parte da chissà dove, sfiora la chiesa di San Rocco, scende fino alla Casa del Petalo, si infila nella finestra della cucina e le bacia come una benedizione.

Come non fosse partito per nessun altro motivo che abbracciarle.

E le accorda come un prato che ondeggia alle carezze dello zefiro.

L'indomani, così come aveva detto, Viola partì.

Non aveva ancora raggiunto i piedi della collina su cui Bisogno è arrampicata, quei piedi pestati dall'asfalto della statale che esce dalla Città Grande, quando si ricordò di non aver detto a sua madre che le voleva bene.

E che forse era importante.

Glielo urlò da laggiù mentre lei, Margherita, da lassù, urlava di più.

Perché la gente tornerà a urlare.

Lontano, un treno fischiò anche lui la sua voglia d'andar via.

Una voce che Viola sentì come fosse già la sua.

32

«Don Piter, io non so come dirglielo... peccare sarà anche umano, ma lei lo sa bene che perseverare...»

«Lo è ancora di più» sussurrò don Piter sperando che il vescovo non lo sentisse.

Il vescovo invece lo sentì. Lo sentì bene. E si sentì offeso.

Strinse le dita attorno alla tunica come se volesse strapparsela e buttò gli occhi al cielo.

Stavolta ci era andato di persona, il vescovo, a Bisogno, e aveva voluto incontrarlo sul sagrato di San Rocco quel disgraziato di don Piter. Per incastrarlo sul luogo del misfatto, e perché era deciso a fare qualcosa di definitivo per risolvere la questione di quello strano paese da cui aveva dovuto trasferire già due preti: don Alberto, aggredito a urla da Margherita, e don Piter, scoperto sul campanile con... con... niente, non riusciva nemmeno a dirlo un peccato così.

«Senta: domani le manderò il pullmino della curia e lei ci salirà senza fare storie. Con quello andrà su, in montagna, nella casa del campo estivo! E ci passerà tutto l'inverno...»

«Al campo estivo?»

«Appunto: in punizione! Da solo! La mandiamo un po' a gelare questi suoi bollenti spiriti. E speriamo in un miracolo...»

«E il mio orto?» chiese come se quella fosse l'unica cosa che lo preoccupasse davvero.

«Anche lì: speriamo in un miracolo. Tanto da dove l'ha piantato lei non si sposta. Lo troverà ancora là al suo ritorno...»

Quando salì sull'automobile per tornare alla Città Grande, il vescovo cominciò a massaggiarsi le tempie con i pollici. Se con l'esilio in montagna forse aveva sistemato don Piter, per quel posto, per Bisogno, che si poteva fare? Chi si poteva trovare? Che uomo ci voleva per un posto così strano?

A preoccuparlo erano più che altro i ragazzini dell'oratorio. Chi si sarebbe occupato di loro? Ci voleva un uomo speciale, molto speciale. Pensò, si massaggiò le tempie. Sbuffò dal naso l'aria calda della sua rabbia. E poi di colpo lo trovò: ma certo! Era perfetto! Era la persona ideale! Un uomo così speciale che, a dirla tutta, era una donna...

33

O
ORT
ORTA
(ciuf ciuf)
ORTA M
ORTA MI
ORTA MIA
ORTA MIAS
ORTA MIASI
ORTA MIASIN
(ciuf ciuf)
ORTA MIASINO

Arrivato.

Orta-Miasino, signori, si scende.

Arrivando in treno dalla Città Grande a Orta, Orta-Miasino, l'effetto è proprio quello lì: si svolta sull'ultima curva che fanno i binari, si arriva su quel rettilineo che sbuca dal bosco e si aspetta che il ramo del castagno che scopre mano a mano il cartello d'arrivo, mentre il treno si avvicina alla stazione, mostri là dove si è arrivati. Il ramo concede alla vista una lettera alla volta.

Orta-Miasino. Due paesi diversi, una stazione sola. Orta è sul lago, Miasino è sopra Orta.

Libero e Lena scesero lì.

Lei avrebbe dovuto farsi a piedi la strada per Orta, quella attraverso il bosco di Legro, superare l'orrenda villa Crespi, arrampicarsi per il Sacro Monte e poi scendere leggermente su quella scalinata di sassi e beole che sviene in piazza Motta fermandosi appena prima, più o meno a metà. A casa sua. Nella sua nuova casa.

Nel parchetto d'erba appena fuori dalla stazioncina di Orta-Miasino, due altalene e una panchina. Sopra quella Libero e Lena.

«Quindi» disse Libero «di per sé lei è laica, con la chiesa non ha nulla a che fare. È laica.»

«Esatto.»

«Come la cagnolina.»

«Meno esotica, senza la cappa.»

«Già, certo, senza la cappa. Quella ce l'hanno le cucine.»

«È rimasto ben scemo, sa? Io sono nata a Orta, e ora sono tornata a vivere qui, anche se lavoro ancora dalle parti della Città Grande, come quando eravamo vicini di casa. Ma lei lo sa cosa facevo allora?»

«Custodiva bauli?»

«In un certo senso. Forse sì. Custodivo segreti. Miei e altrui. Forse ai tempi non lo sapevo bene nemmeno io cosa facevo.»

«E oggi? Oggi che fa?»

«Faccio l'educatrice. Lo facevo anche allora, a dire la verità. Aiutavo le persone a mettere insieme i pezzi. Comunque, oggi passo dalla Città Grande tutti i giorni e poi prendo il pullman per andare a Bisogno, sulle colline del vino. Lassù aiuto i bambini a fare i compiti, ascolto i genitori che non capiscono perché i loro figli non li sappiano fare da soli. L'ultimo prete che è stato lì è stato cacciato dal vescovo e ci voleva qualcuno che mandasse avanti l'oratorio. Io suono la chitarra, sto con loro. Quando riesco faccio volare gli aquiloni.»

«E perché non ci riesce sempre?»

«Perché non sempre c'è il vento, Libero. Lei questa storia degli aquiloni non l'ha mai capita. Anche il giorno del trasloco cercai di regalargliene uno. Rifiutò...»

«Ci metto un po' a capire le cose, Lena. Anche degli anni...»

Sorrisero.

«È una chiesa bellissima quella di San Rocco, a Bisogno, è un tesoro incredibile. Solo che se non ci va nessuno è come un forziere vuoto. Nessuno scopre il tesoro che c'è dentro.»

«Mi è passata davanti così tante volte nell'arco di una vita che ormai mi sembra una di famiglia, anche se non riuscivo proprio a capire chi fosse.»

«È una cosa ben strana...»

«Faccio cose anche più strane.»

«Ad esempio?»

«Ho sposato mia moglie» disse. «E poi addirittura una volta» e si prese del tempo per tirar fuori il ricordo dalla memoria «ho prenotato in quella Locanda di cui ho trovato il biglietto nel suo baule.»

Anche Lena si prese del tempo per ritrovare quel ricordo.

«E cosa c'è di strano? È un posto bellissimo, una locanda solo per due! Il posto più bello del mondo. Mi sembra normale che lei lo abbia fatto...»

«È che l'ho fatta, la prenotazione, per dieci anni più tardi rispetto al giorno in cui ho telefonato.»

«Fantastico! Si è preso tutto il tempo per prepararsi alla sua ultima solitudine. Mi sembra giusto. E poi ci è andato?»

«Dove?»

«No, le chiedevo se poi ci fosse andato. Alla Locanda dell'Ultima Solitudine. Si chiamava così, vero? Noi la conosciamo da sempre, anche se è lontanissima da qui, perché sembra che sia stato un bambino che veniva da queste parti a costruirla...»

Silenzio.

Libero ci pensò a lungo. Non disse nulla. Poi fece solo una domanda:

«Che giorno è?»

«Oggi?»

«Sì.»

A tutte le stranezze c'è un limite. Lena a quella domanda non avrebbe mai risposto. Aprì la borsa, tirò fuori il quotidiano del giorno, e lo buttò sotto il naso di Libero.

Lui lo guardò come se avesse visto il Santo Graal.

«Ma è domani!»

«Libero, ma sta bene? Mi sembra un po' confuso.»

«No, sto benissimo, è che è domani. La prenotazione che ho fatto dieci anni fa, quando l'ho incontrata, sarebbe per domani!»

«E se ne è dimenticato?»

«Prenoti lei oggi un ristorante nel 2027 e poi vediamo se si ricorda di andare con tutto quel che succede in dieci anni...»

«Bene, allora ha ancora tempo per andarci e per arrivare puntuale nonostante tutto. Nonostante si sia dimenticato di tutto.»

«Ma lei sta scherzando, sono un uomo sposato, ormai.»

«...»

«Ma lei sta scherzando, è domani ed è in capo al mondo!»

«...»

«Ma lei sta scherzando, non ho nemmeno idea di come si faccia ad arrivarci laggiù.»

Tacque.

«E poi sono sposato» ripeté.

«Con la figlia del sindaco della Città Grande...»

Le disse il nome. Lena non disse una parola. Sospirò.

«Non mi posso muovere, ho delle responsabilità ormai...»

La Locanda dell'Ultima Solitudine. Come si finisce in posti così? Sono quasi più delle idee. Il sole di luglio, lento, stava tramontando dietro il Monte Rosa e come una spada d'oro colorava di taglio il lago d'Orta, come un sentiero, che porta all'isola nel centro. L'isola di San Giulio che dalla stazioncina si vedeva appena.

«Senta, Libero, lei ha preso il treno per inseguire una donna che non sapeva chi potesse essere, e non vuole andare in un posto in cui ha prenotato dieci anni fa solo perché è sposato?»

«È cambiato tutto. Da allora. Da quando ho prenotato. Credo non sarebbe più giusto andare. È cambiato tutto. Sono cambiato anche io. È cambiata anche la mia casa. È cambiata anche lei, Lena, non so ancora come abbia fatto a riconoscermi.»

«E cambi ancora. Torni sui suoi passi. Torni a pensare di poter scambiare la sua vita per un viaggio in treno inseguendo una sconosciuta. Per una prenotazione da qui a dieci anni. Per un sorriso. Per un panino al prosciutto con la senape. Vuole? Le piace la senape?» E gli offrì un panino appena scartato, uscito dalla borsa da viaggio da cui prima aveva estratto il giornale. «Ne vuole un pezzo?»

Lo divise. Come se non avesse ancora finito di nutrirlo, di spingerlo verso una vita prenotata tanti anni fa ma mai inseguita con ardore. E convinzione. Solo aspettata.

«Non può mollare tutto proprio ora.»

«Ma sono sposato.»

«Ma ha prenotato dieci anni fa, quando ancora non lo era. Quello con l'Ultima Solitudine è un impegno che precede tutto. Ci vada. E piuttosto, se proprio non può farne a meno, ci vada con sua moglie. È domani no? Va a casa, la prende e ci va con lei. Fa ancora in tempo!»

No. No. No. Non era così che doveva andare. Non era così che aveva passato gli anni della sua giovinezza a immaginare che andasse!

Ma che cosa stava facendo, poi? Si stava facendo dare consigli da una donna con cui praticamente non aveva mai parlato in vita sua neanche quando vivevano sullo stesso pianerottolo e che aveva rincontrato perché era salito su un treno a caso in un giorno a caso. Basta, avrebbe fatto di testa sua. Quando aveva prenotato aveva fatto di testa sua? Lo avrebbe fatto ancora.

«Crede che Dio sarebbe contento se andassi? Se lasciassi tutto e andassi?»

«Che ne so! Faccio giocare i bambini nella chiesa di San Rocco ma non sono così amica di Dio da ricevere le sue telefonate serali nelle quali mi spiega cosa sia giusto fare e cosa no.» E azzannò il panino con la senape.

«Ma se ci vado, che ci vado a fare? Ho aspettato anni come se qualcosa dovesse arrivare dal cielo e non è mai arrivato. Le cose non cadono mica dal cielo, sa?»

«La pioggia sì. La neve anche. Il silenzio pure. E pure il

vento cade dal cielo. È per quello che gli aquiloni hanno il filo. Per non cascare anche loro.»

«E poi alla Locanda dell'Ultima Solitudine non ci si può andare da soli, bisogna andarci per forza in due...»

«E allora lei ci vada con il se stesso che è diventato! Lei e il suo nuovo essere lei. O col silenzio. È una bella compagnia, sa?»

Col silenzio.

Nel silenzio di quel cielo Libero disse così: «E se decidessi di andarci, da che parte devo andare?».

E che ci crediate o no, Lena, la buona Lena, tirò fuori un cellulare. E gli chiamò un taxi.

«Un taxi?» disse Libero. «Di quelli gialli?»

«Questo è blu, Libero, Dio solo sa il perché. Lo guida un amico mio di queste parti. Una volta l'ha fatto anche per me. Le farà un buon prezzo e la porterà dove vuole. Arriverà in piena notte, ma almeno domattina all'alba sarà già lì. Si godrà tutta la giornata.»

«Sa perché sono salito su questo treno, oggi? Perché dalla prima volta in cui l'ho vista passare sul binario sette della stazione della Città Grande ho pensato che lei aveva qualcosa da dirmi. Da rivelarmi. E che finché non mi avesse visto, non me l'avrebbe rivelato. Forse doveva regalarmi quel baule e poi spiegarmi il tesoro che conteneva. Forse doveva riconoscermi oggi, offrirmi un panino alla senape e spingermi ad andare. Forse doveva anche solo chiamarmi un taxi da Orta e farlo guidare da un suo amico. Forse era scritto davvero nei piani di Dio che fosse così.»

«Dice?»

«Non so. Non sono così amico di Dio da ricevere le sue telefonate nelle quali mi dice cosa sia nei suoi progetti e cosa debba saltare in aria.»

Si guardarono stupiti.

L'automobile che avrebbe portato Libero alla Locanda dell'Ultima Solitudine arrivò poco dopo, proprio davanti alla stazioncina di Orta-Miasino.

E come fosse la cosa più spontanea da fare Libero abbracciò la buona Lena che aveva ritrovato. Con un abbraccio vero.

Caldo.
Intenso.
E per salutarsi si diedero del tu.
«Libero, pregherò che tu possa arrivare sano e salvo là dove sei diretto; ora va', l'automobile ti aspetta: e che Dio t'assista.»
«Addirittura! Tassista? Non pensavo avresti chiamato proprio lui come autista! Ci arriverò, Lena, anche se a guidare il taxi fossi solo io...»
«Lo prendo come uno scherzo?»
«Prendilo come un grazie.»
E si strinsero la mano come avessero fatto un patto di cui si accorgevano solo allora.

34

Aveva bussato forte. Un paio di volte. E poi aveva ribussato ancora più forte.

Lena stava per andarsene quando Margherita aprì di cattivo umore la porta della Casa del Petalo.

«Ma allora qualcuno c'è!»

«Sì, ci sono io.»

«E non è che lei in questa casa grande avrebbe una stanza da affittare?»

«Per urlare?»

«No, più che altro per dormire...»

«Qui non si dorme... qui si urla.»

«E ci credo che non si dorme, allora...» aveva concluso Lena.

Margherita fece cenno di sì, strizzò le labbra, sottolineò con un fischio l'arguzia del pensiero di quella donna che si trovava di fronte per la prima volta.

«Però sa che io non sento niente...»

«Perché ancora non si urla proprio tutti i giorni... solo quando ci sono i corsi. Ma prima o poi si si urlerà... uh, se si urlerà!»

A quel punto fu Lena che fece cenno di capire.

«E se nel frattempo però io mi fermassi a dormire qui? Ogni tanto? In attesa che si urli un po' di più...?»

Margherita la guardò fissa.

«Come ha detto che si chiama, lei?»

«Lena, mi chiamo Lena. Ma non glielo avevo ancora detto. E forse non le ho ancora nemmeno detto che vorrei fermarmi qui per dormire, riposare, per guardar fuori dalla finestra... per stare qui ogni tanto, per non fare sempre la strada che mi porta qui da Orta, il mio paese...»

E Lena le raccontò quel che veniva a fare a Bisogno. E Margherita allora le raccontò i suoi progetti. Le sue idee. E le disse che non aveva stanze da affittare, non era mica una locanda, le aveva solo per urlare. E che accordava i fiori la mattina. E che adesso aveva i corsi sulla paura da preparare, che era molto ma molto impegnata. E che doveva proprio andare...

«Ma è pazzesca questa cosa che fa lei: fa urlare di pomeriggio e accordare i fiori la mattina. Ha mai pensato che magari le due cose si potrebbero mettere insieme?»

«Per far qualcosa a mezzogiorno?»

«Eh, ad esempio...»

«Senta, forse potrei darle una mano con questi corsi in cambio di una stanza, che ne dice?»

In qualche modo le due donne si piacevano.

«Venga dentro, in casa» le disse Margherita. «Ne chiacchieriamo meglio bevendo una tazza di tè. Che ne pensa?»

Entrarono. Chiusero la porta.

E dopo poco, sul fornello, l'acqua cominciò a bollire.

35

L'ultimo rumore che Libero ricorda di aver sentito è quello di una portiera. Il rumore della portiera del taxi blu. Un suono strano, denso, solido. Il suono che solo le portiere delle automobili eleganti sanno fare quando vengono chiuse. E sono pronte a ripartire.

Poi, ma doveva proprio pensarci, perché non è che se lo ricordasse davvero, doveva ricostruirli quei suoni, aveva sicuramente colto anche il ronzio del motore dell'auto che faceva manovra, il crepitio degli pneumatici sulla ghiaia subito dopo il fruscio delle banconote che gli erano uscite dalle dita.

E un suo pensiero: "Pensavo peggio".

Quindi, sempre nel pensiero: "E abbiamo pure fatto presto".

Poi basta.

Il viaggio era iniziato con un saluto e una bugia. A Lena il saluto e all'autista la bugia.

«È molto tardi, ha ragione, è un viaggio lungo, ha ragione anche su questo. Ma non si preoccupi: starò sempre sveglio a farle compagnia.»

E detto questo, Libero si era addormentato.

Aveva dormito per tutte le ore di viaggio e quando erano arrivati erano da poco passate le due.

Le due di notte, quell'ora strana che non sai più dire se è molto tardi o se è molto presto, sai solo dire che c'è silenzio ovunque.

Silenzio.

Silenzio.

Silenzio. Come fosse tutto finito. O tutto dovesse ancora iniziare.

Silenzio.

Che non sarebbe nemmeno esatto, a dire il vero, perché ovunque, lì, c'è il rumore del mare. E del vento.

Eppure per Libero quello era tutto silenzio.

Il suo.

San Nicolò, frazione di Camogli.

Libero ora è sul monte che converge tutto in un unico sentiero sulla costa e si infila nel bosco. Non c'è nessun modo di percorrerlo se non a piedi. Non c'è nessuna ragione di percorrerlo se non quella incisa nel legno di un cartello.

"La Locanda dell'Ultima Solitudine."

La freccia che indica il sentiero.

E poi: "Siamo aperti tutti i giorni. Tranne nei giorni di chiusura. Per le prenotazioni chiamare sempre e solo ore pasti. Non offendetevi se non rispondiamo: stiamo mangiando".

E poi la firma: "Enrico".

Un nome solo, come dovesse spiegare tutto.

Libero legge, non dice nulla. Prende il sentiero, passa oltre la vecchia chiesa in pietra. Se tutto va come deve andare, e ormai sa che sarà così, lo scoglio su cui è abbarbicata la Locanda non deve essere molto lontano. Dista un sentiero. Il tempo di farlo e sarebbe arrivato. Proprio come dieci anni prima aveva scommesso che sarebbe riuscito a fare.

36

Silenzio.

Sul sentiero aveva trovato solo quel silenzio fatto di mare e vento. Aveva camminato con la lentezza e la calma di chi ha una notte da far passare aspettando l'alba. E non aveva avuto niente da dirsi: era stato della stessa voce dei luoghi che stava attraversando. Mare e vento.

Finché non era successo. Di colpo, forte. Senza ragione né origine: eccolo, l'aveva sentito.

L'aveva sentito sulla pelle: il calore del primo sole.

E poi, fortissimo, l'aveva sentito nelle orecchie.

Tack.

Forte. Più forte di due dita che schioccano. Tipo due sassi, grossi, che si schiantano l'uno contro l'altro.

Un urto violento.

Come il suono che sa fare l'uomo coi baffi quando fa schioccare la lingua sul palato.

Libero smise di camminare. Al primo sole strizzò un poco quei suoi occhi che uscivano da una notte di viaggio e poco sonno.

E ne sentì un altro: *Tack!*

Alzò lo sguardo.

Quel suono veniva dall'alto.

Quel suono era l'uomo coi baffi.

Quel suono era l'uomo coi baffi arrampicato in alto: sul ramo di un albero.

«Recupera un gatto?»

«Recupero la bocciata» gli rispose quello abbassando la testa, guardandolo dalla cima della pianta.

L'uomo coi baffi non si era accorto di nulla.

Non se l'aspettava. Non si aspettava nessuno, quel giorno. Non si aspettava nessuno a quell'ora. E, come in tutte le notte insonni, stava giocando.

Quelle erano le ore migliori per non incontrare nessuno. Per non spiegare quel gioco che giocava così: quando non dormiva, prendeva una sedia comoda, una bottiglia di vetro che riempiva d'acqua e un cubo di gesso in polvere. Oltre a un bicchiere, un calice di vino rosso. Denso e scuro. Pieno fino all'orlo.

Faceva su un fagotto accurato come dovesse partire e poi andava a sedersi là dove la Locanda dell'Ultima Solitudine diventa mare: sullo scoglio. A volte.

Altre volte, invece, preferiva andare a giocare nel bosco. Altre volte al sole, altre volte al vento.

Ma sempre con acqua, gesso e un bicchiere pieno fino all'orlo di vino rosso.

Qualche volta addirittura sceglieva il mare, come campo di gioco.

Acqua, vino e gesso non mancavano mai; il posto, invece, cambiava sempre.

Stavolta aveva scelto un albero.

Allora, con una lentezza esasperante, l'uomo coi baffi smise di guardare lontano, meglio, di infilzare con lo sguardo il punto fisso e lontanissimo che stava osservando, e si girò verso Libero. Portò l'indice della mano destra a dividere verticalmente la bocca in parti uguali, socchiuse gli occhi, si sfregò le mani con la polvere di gesso, tornò a fissare il punto lontano, alzò la testa come a dare un comando al cavallo e pochi istanti dopo schioccò la lingua. Forte. Nel vento. Sorrise. Sospirò e sorrise.

E come fosse un sol gesto, saltò giù dal ramo con un'agilità che non ci si aspetta da un uomo così grosso e ormai mezzo zoppo. Ingollò un sorso d'acqua, con un secondo sorso si sciacquò la bocca sputando una coda d'acqua per terra e poi bevve quel dito di vino rosso che gli era rimasto nel calice.

E solo allora parlò.

«Ho vinto. E non certo grazie a lei. È arrivato a distrarmi proprio sul punto decisivo.»

«Felice di averla vista vincere...»

Libero lo prese per uno un po' scemo. Salutò. Allungò il passo, riprese a camminare.

«Mi scusi» lo fermò l'uomo coi baffi, «e si può sapere dove starebbe andando?»

«Alla Locanda dell'Ultima Solitudine. La conosce?»

«Senza dubbio è là in fondo, sulla punta di Punta Chiappa.»

«Perfetto, allora vado. Non vorrei fare tardi...»

«Difficile arrivare tardi a quest'ora a meno che lei non stia andando là per un duello: è l'alba...»

Un duello. In qualche modo era davvero così.

Si avvicinò, strinse la mano dell'uomo coi baffi.

«Se viene con me festeggiamo insieme la sua vittoria. Molto piacere. Libero. Vado alla Locanda. Viene anche lei?»

Libero.

Quel nome.

L'uomo coi baffi si fece serio.

Dio mio.

Era lui.

Era l'uomo che aveva prenotato dieci anni fa. Lo guardò. Dieci anni fa doveva esser poco più che un ragazzo. Ed era venuto davvero. Aveva tenuto fede all'impegno. Non ci aveva creduto un istante, l'uomo coi baffi, non ci aveva creduto un istante che sarebbe arrivato ed è per quello che, mentalmente, aveva preso quell'assurda decisione: "Se quel tipo arriva davvero, io lo guardo in faccia e vado via".

Netto.

Irremovibile.

"Perché un pazzo così voglio vederlo in faccia, voglio guardarlo negli occhi, perché non può esistere un pazzo così, e se esiste voglio vederlo. E voglio vederlo perché se esiste ha ragione lui, e ho torto io. E allora io me ne devo andare. Se arriva fin qui un uomo che sa aspettare dieci anni senza paura di morire, un uomo che ha il coraggio di rendersi immortale per un progetto, per l'idea dell'Ultima Solitudine, un uomo che è sicuro di poter telefonare oggi e di avere tra dieci anni la forza, ancora, di camminare fino al posto più bello del mondo; se arriva io faccio i bagagli e vado via. Perché non ho capito niente. Perché avevo torto. Perché questo, se un uomo così esiste e arriva qui, non è più il mio posto. È il suo..."

E quell'uomo, Libero, nonostante tutto, era arrivato.

Davvero.

Non riuscì a dire nulla se non: «E viene da lontano?».

«Vengo da dieci anni di attesa. Ma pensavo peggio. Alla fine ho fatto anche abbastanza in fretta.»

«E dieci anni secondo lei è fare in fretta?»

«A volte sì. A volte sì, dieci anni è fare abbastanza in fretta. E poi ripeto: pensavo peggio.»

«Peggio di aver atteso dieci anni e poi aver sbagliato il giorno?»

«In che senso?»

«L'oggi che è appena sorto è il 19 luglio. Mercoledì.»

«E allora?»

«Lei dieci anni fa parlò con me. E prenotò per il 20 luglio. Giovedì. Fece pure il precisino...»

«Un giovedì... il giorno sospeso.»

L'uomo coi baffi schioccò la lingua.

«Più che sospeso direi proprio bocciato.»

E schioccò la lingua ancora come avesse guardato il libro delle prenotazioni e glielo avesse sbattuto in faccia rimandandolo a casa.

Ecco cosa avrebbe fatto. Lo avrebbe mandato via. Gli avrebbe detto che aveva sbagliato giorno, e che doveva andarsene, perché lì, per lui, per l'uomo che aspetta, non c'era posto. Ecco che cosa avrebbe fatto. Se sbagli, e Libero aveva sbagliato, paghi. Ne paghi le conseguenze. Era giusto così. Era arrivato oggi, ma oggi non era il suo giorno.

Oppure no.

Non poteva farlo.

Non poteva mandarlo via. Davvero non poteva.

Non poteva che mettergli una mano sulla spalla e dirgli: «Vada al mare, si faccia una nuotata. Le farà bene. Io intanto le preparo la stanza per oggi e per stanotte. Ci troverà asciugamani caldi ad attenderla. Non si aspettano dieci anni per poi anticipare tutto di un giorno e scappar via, non crede? E non si aspettano neppure dieci anni per poi tornare a casa sconfitti a poche ore dalla vittoria, non pensa? Vada al mare, stia sugli scogli. Venga a trovarci. Si prenda un giorno di attesa. Sa nuotare?»

Non aspettò nessuna risposta. L'anticipò.

«E allora buona nuotata.»

E mezzo zoppicando, con acqua, gesso e bicchiere di vino vuoto, si arrampicò fino alla Locanda dell'Ultima Solitudine. Enrico si sarebbe svegliato a momenti.

"Quell'uomo" disse tra sé pensando a Libero "aveva ragione."

Anche se aveva sbagliato tutto.

37

Libero, invece, scese al mare.

Si spogliò e si lasciò quasi scivolare dagli scogli all'acqua salata.

Fu come se gli si aprisse il petto.

Ci entrò dentro.

Nel mare.

E fu come quando si smette di trattenere il respiro.

Era arrivato all'Ultima Solitudine e aveva guadagnato un giorno di vita. Un giorno di vita in omaggio, lì, lo aspettava da dieci anni. Come se tutto il tempo risparmiato nel chiamare Vieniquì, e non dicendo "Vieniquì, vieni qui" gli fosse stato conguagliato proprio lì per il tramite di un'indicibile concatenazione di coincidenze in cui lui, Libero, aveva commesso solo tanti errori. Tutto aveva macchinato affinché Libero potesse avere un giorno intero di tempo per aspettare ancora. Solo. La sua Ultima Solitudine.

Nuotò un poco, l'acqua gli bruciava la pelle e gli occhi.

Nuotò un po' fino a che una piccola parte di sé non incominciò a farne parte.

Del mare.

Quattro piccole lacrime salate di emozione. Quattro piccole lacrime lente.

Di mare che torna al mare.

Dopo dieci anni di risacca.

38

Nella stanza per gli ospiti della Locanda dell'Ultima Solitudine, l'unica esistente oltre a quelle in cui dormivano Enrico e l'uomo coi baffi, erano anni che non si fermava a dormire più nessuno. Nemmeno per un riposino.

Nemmeno per la pennichella dopo pranzo.

L'ultimo a farlo, a dire il vero, l'ultimo ad aver dormito là dentro, nella stanza degli ospiti, era stato proprio l'uomo coi baffi la notte in cui era capitato all'Ultima Solitudine; finito lì quasi per caso, anche lui, attratto da un invisibile magnete o, come solo una volta aveva raccontato a Enrico (senza spiegare di più), inseguendo il sole rosso al tramonto come fosse un boccino a cui tirare nel gioco delle bocce.

Il giorno in cui aveva deciso che lì si sarebbe fermato per sempre, o quasi, aveva dormito in quella stanza.

Poi non c'era entrato che una volta ogni due settimane, a fare la polvere.

Dal letto matrimoniale.

Dall'armadio.

Dalla sedia.

Dalla stufa.

Dal piccolo scrittoio.

E dal tappeto.

Dalla cassettiera che Enrico, figlio di falegnami, non aveva mai finito di piallare e che ripagava a schegge l'interesse di chi la toccava. Solo il cuscino non l'aveva mai più nemmeno sprimacciato. Tanto che aveva ancora la forma della sua testa e degli incubi di quella notte. Una delle tante, nel catalogo di quelle insonni.

L'avrebbe fatto ora. Era passato tanto tempo, era arrivato il momento di farlo. Era tutto in leccio là dentro. Tutti alberi del bosco là fuori. Tutte navi mancate. E quindi salve, se vogliamo; oggetti costruiti, negli anni, da Enrico, pezzo per pezzo, nelle solitarie giornate alla Locanda dell'Ultima Solitudine. Pulì sommariamente quello che c'era da pulire, e solo allora, in quella stanza della sua prima notte lì, si sorprese a pensare.

C'era un'altra cosa che non aveva fatto da quando era arrivato alla Locanda dell'Ultima Solitudine: morire.

Da allora, da quella notte, non era ancora morto. Non era morto, e continuava a non morire.

Proprio come il rimorso.

Proprio come il mare.

O meglio, si corresse mentre appoggiava la fronte al vetro della finestra appannandolo leggermente, non era morto più di quanto non fossero morti tutti quelli che gli stavano attorno: dodici anni di morte dispensata un giorno alla volta.

E la cosa, tutto sommato, lo sorprese.

E la malattia? (Ma quale malattia aveva? Non si ricordava più il nome...)

E la paura di farla vivere a chi gli stava attorno? La paura di rovinare tutto? E la certezza che stava morendo e che allora era giusto abbandonare tutto e tutti e andare a morire, in solitudine, nell'ultima solitudine, in un posto silenzioso dove la propria tragedia altro non sarebbe stata che la sua, personale, limitata, tragedia?

E quel dolore al petto che ogni tanto sentiva? Perché non era ancora morto come immaginava? Perché non era ancora morto come era certo, invece, che sarebbe successo? E perché non si era accorto che non stava morendo?

Aveva progettato gli ultimi dodici anni della sua vita per morire e non era morto. Solo perché era malato di una malattia che non si cura: la vita.

Dodici anni. Dodici anni di solitudini che non erano mai state ultime.

E ora scopriva che non era morto un istante di più di quello che avrebbe fatto se fosse rimasto al suo posto. Dentro la sua vita. Dodici anni e non era morto di nulla. Se non della paura di farlo.

E ora era arrivato lì un pirla che aveva sbagliato tutto, anche il giorno della prenotazione, un pirla che sarebbe stato capace di perdere le mutande e non accorgersene, un pirla qualsiasi con il coraggio di un progetto nella testa, un pirla che aveva il coraggio di mettere una meta dopo dieci anni e raggiungerla. Magari anche solo a colpi di sorte, eppure ci era riuscito. E ci era riuscito persino un giorno prima del previsto.

L'uomo coi baffi non capiva.

Non capiva più il senso della sua ultima solitudine.

"È morire, morire così, ma è morire un po' meno" si era detto arrivando lì. Quella notte di dodici anni prima.

"È morire un po' meno perché nessuno se ne accorge."

Se ne erano accorti tutti.

No, non poteva più restare. Lui lì, in quel luogo magico dove le perle di patate hanno il gusto di quel che si immagina, non riusciva a morire. O a vivere.

Avrebbe preparato la camera e sarebbe partito.

Se l'era giurato, l'avrebbe fatto. E con rabbia, come dovesse sfogarsi di qualcosa che aveva perso, prese a pugni il cuscino. Forte. Fortissimo.

Non aveva imparato a vivere, ecco perché non aveva saputo morire.

E menò il cuscino.

Si era sempre e solo raccontato un sacco di storie.

E menò il cuscino.

Con quella stupida idea che dire le cose come fossero storie belle faccia il tutto più bello.

E menò il cuscino.

Doveva sprimacciarlo, certo, ma così lo stava malmenando. Lo massacrava.

E lo massacrava a tal punto che quello, il cuscino, sputò fuori l'anima: un bigliettino di cartone piegato in due nascosto tra la federa e le piume.

I pugni gli si gelarono nell'aria, rimase immobile.

L'uomo coi baffi guardò quel biglietto scivolare sul pavimento della nave mancata e fermarsi poco distante da lui.

Lo guardò come si guarda un serpente che si cerca di schiacciare mentre questo, di forza, ha ancora l'istinto di morderti la caviglia.

Quel bigliettino di cartone aveva ancora la forma della mano di sua figlia. Aveva ancora la forma della tasca della salopette di jeans in cui l'aveva nascosto per tirarlo fuori, ogni volta che voleva, per dire: "Papà? Mi porti ancora a trovare il mio sentiero?".

Aveva ancora la forma dell'Ultima Solitudine, la forma dell'uomo che non accetta la vita per paura di morire. E abbandona tutti, per morire solo. O solo per morire.

Lo raccolse e lo aprì.

Al centro aveva una ruga, una piega giusto giusto a metà.

Un solco lungo come un abbandono.

E tutto intorno, ancora, un profumo di fiori.

Ma di fiori scordati.

Ci sono tre motivi per cui vale la pena andare alla Locanda dell'Ultima solitudine.

Il primo è perché si mangia bene.

Il secondo è perché ci si può andare solo in due.

Il terzo è perché laggiù ci impari a vivere. E quindi, anche, a morire.

39

Se qualcuno, per ragioni tutte sue, avesse mai domandato a Enrico da quanto tempo gestiva la Locanda dell'Ultima Solitudine, quello avrebbe risposto solamente così: "Mai fatto altro nella vita". Cinque parole e, a conti fatti, non una menzogna.

Una vita intera, da quando era bambino, lui e quell'unico tavolo oltre il cui orlo stavano ad aspettare solo due sedie di paglia e legno. Miliardi di secondi, milioni di minuti, migliaia di giorni, centinaia di mesi, decine di anni si condensavano in una vita intera: la sua, e in quell'unico istante, questo.

Eppure, in quella sua vita, Enrico, un cameriere come l'uomo coi baffi, un compagno di avventura come quello non l'aveva mai avuto. Perfetto in ogni dettaglio. Pure nei baffi a ricciolo. Persino nei racconti meravigliosi che sapeva distillare nelle sere d'inverno, quando fuori fa freddo e l'uomo coi baffi gli rimboccava le coperte dell'anima raccontandogli le storie più improbabili del mondo.

Roba di cani neri, a volte.

Ecco perché (o forse per un'immediata nostalgia che gli strinse la gola) quando lesse la lettera di dimissioni che quello gli aveva appena allungato stendendo la mano come uno spadaccino che affonda al cuore, Enrico lo guardò con un filo di meraviglia.

Tanto che sulle prime non riuscì a far altro che a cucire

una frase rattoppata lì alla bell'e meglio: «Può davvero scordarsi che io accetti una cosa del genere».

«Davvero?»

«Davvero!»

Non avevano mai smesso di darsi del lei.

«E mi è concesso conoscerne la ragione?»

«Perché lei non mi molla qui da un momento all'altro.»

Silenzio.

Poi il suono caldo di una mano aperta che si posa su una spalla un poco più bassa ma molto più grossa. Era quella di Enrico. Nel senso della mano. Mano da falegname.

«Non sono d'accordo. Non può. Non così all'improvviso, non così senza una spiegazione e soprattutto non così.»

«Così come?»

«Senza una spiegazione!»

«Capisco.»

«Io no. Perché mai vuole andare via? Mi dia anche una sola ragione.»

«Enrico, lei da una vita serve perle di patate che hanno il gusto di ciò che si riesce a immaginare. Non mi dica che per giustificare le cose ha bisogno davvero di avere una ragione.»

Aveva ragione.

L'uomo coi baffi aveva ragione.

Aveva una ragione che era la sua. E quella, a Enrico, doveva bastare.

Il giorno in cui era arrivato, quando Enrico l'aveva assunto e gli aveva spiegato il lavoro e il segreto della sua cucina, non aveva fatto una piega davanti a quel gioco dell'immaginazione. Ci aveva creduto e aveva fatto quel che doveva fare senza stupirsi che potesse esserci della magia anche nel servire a tavola delle perle di patata cruda.

Da allora erano passati dodici anni.

E ora c'era la storia che stava morendo e che lì, invece, non moriva e allora doveva andare altrove, ma non gliela raccontò.

«E io come faccio? Qui c'è una Locanda da mandare avanti, i tavoli da servire, i piatti da lavare, i menu da decidere. E poi proprio ora che abbiamo ospiti che si fermano per la notte... Non succedeva da anni. Non può aspettare almeno domani?»

L'uomo coi baffi guardò la Locanda. Era grande come da qui alla fine di questa pagina. Era tutta lì. Enrico avrebbe potuto benissimo andare avanti da solo. Anche con un ospite a dormire nella stanza degli ospiti.

Si guardarono negli occhi. Enrico non aveva più nulla da dire e comunque non avrebbe potuto trattenerlo ancora: l'uomo coi baffi era già andato via. Certe cose sono genetiche ed ereditarie, si trasmettono da padre in figlia. Anche nelle assenze. E quando un uomo lascia i suoi occhi, si vede. E se ci guardi dentro te ne accorgi. Non c'è più nulla da fare.

Perché alla Locanda dell'Ultima Solitudine si fermano solo due tipi di persone: chi sta scappando da qualcosa e chi sta inseguendo un posto lontano. L'uomo coi baffi non rientrava più in nessuna delle due categorie, nessuna delle ragioni per cui bisogna visitare l'Ultima Solitudine gli apparteneva più. Era solo un uomo stanco. Che non accettava di non morire.

Di vivere, pardon.

Allungò la mano, la strinse forte. Poi lo tirò a sé e lo abbracciò.

«Vecchio mio, allora addio. Ma un posto come la Locanda dell'Ultima Solitudine non lo troverà mai più. Glielo garantisco io. Dove la trova più una nave mancata?»

L'uomo coi baffi l'aveva già trovata: era lui. La nave mancata.

Gli abbracci degli uomini durano pochi attimi, il tempo infinito è quello del rimpianto.

«Vado a fare le valigie, tra mezz'ora mi incammino.»

«E se ne va via nel bel mezzo della giornata?»

«Almeno sa dove sono...»

Lo lasciò quasi allontanare del tutto restando a riflettere su quella risposta strana. Poi, però, con un tuono di voce lo richiamò.

«Ancora una cosa. L'ultima.»

«Mi dica, Enrico...»

«Che cosa faceva le volte che sedeva sulla riva del mare

e restava a guardare lo scoglio o il bosco? Perché il mare capirei, ma lo scoglio? Lo scoglio è sempre uguale, perché lo guardava con tutta quella convinzione? E perché lo faceva di notte? Fino all'alba?»

«Perché giocavo.»

«Giocava? A cosa?»

«La maggior parte del tempo a bocce, Enrico.»

«Ma come a bocce? Da solo? E senza bocce per di più? E in piena notte?»

«Nella mia fantasia. Non sono solo. È pieno di gente là dentro, di notte. Soprattutto. Per il resto del tempo, invece, visto che so fare le cose solo a metà, muoio un pezzo alla volta. Un giorno alla volta.»

«Ah be', quello tutti» sdrammatizzò Enrico.

«Già» chiuse il discorso l'uomo coi baffi che fino ad allora era stato convinto di essere il solo depositario della singolare tragedia che è esistere.

Altri tre passi lenti a testa bassa e fu richiamato.

«Però, mi perdoni ancora» lo fermò Enrico, «ancora una cosa sulle bocce. Nella sua assurda insensatezza posso capire che si porti dietro il gesso per le mani, ma l'acqua? Che se ne fa dell'acqua? E il vino? Che se ne fa del vino?»

«Li bevo.»

Trum, come una scure che taglia corto.

Poi però riprese: «L'acqua quando mi vien sete e il vino per stordire gli avversari se sto perdendo e loro sono troppo forti».

«Gli avversari?»

«Enrico, ascolti e non commenti: nella mia mente ci sono dei giocatori di bocce così bravi, ci sono avversari così forti che lei non se li può nemmeno immaginare. Ha capito? Nemmeno se li immagina gli avversari che ho in testa io. Sono fortissimi, ma hanno un solo difetto: bevono. Il vino. Rosso. Così io, se ho sete, bevo l'acqua, e loro, gli avversari, se sono avanti nei punti, li stordisco con un po' di vino.»

E detto questo voltò le spalle, fece la valigia, e si incamminò verso un destino differente.

I due, dopo quelle parole sulle bocce, non si videro mai più. Per il resto dei loro giorni.

40

Passò un giorno. Fu ancora una volta mattina. E poi pomeriggio. E fu ancora una volta il mare. Mentre nuotava in attesa della cena della sera, la cena attesa da dieci anni, Libero si domandò quanto quella storia, quella pazzia di prenotare dieci anni prima e di trovarsi lì ora, a nuotare sospeso in attesa, gli fosse realmente costata.

Ormai aveva quasi perso una moglie. Ma in quel caso il problema era stato trovarla.

Aveva perso una casa. Ma forse non l'aveva persa quando era salito sul taxi a Orta-Miasino, l'aveva persa molto tempo prima.

E aveva perso Vieniquì. Ma quello sapeva il fatto suo, sarebbe sparito qualora fosse stato necessario e non è detto che non l'avrebbe visto ricomparire a momenti sulla cima dello scoglio.

E poi aveva perso le mutande.

Entrando in acqua le aveva lasciate al sole, aggrappate a uno sperone di scoglio, il vento aveva voluto vedere cosa fossero, che non ce le ha il vento le mutande, e poi, inorridendo una volta capito dove calzano, le aveva buttate a mare. Le scelte sono sempre lì a dirti che hai anche qualcosa da perdere, e il bello è che sono inevitabili.

E addirittura, talvolta, le scelte sono come le mutande. Da cambiare.

Non aveva aspettato dieci anni, pensò, aveva perso dieci anni: quel posto era un paradiso, ci sarebbe potuto venire prima.

O forse no.

Forse, tutto sommato, era giusto così. Quello era il suo momento giusto per essere all'Ultima Solitudine. Prima non avrebbe saputo con chi andarci, ora, invece, era con se stesso. Completo con tutti i suoi silenzi.

Uscì dall'acqua nudo e, mentre il sole gli asciugava il sale dalla schiena, la pelle gli si ricoprì di tante macchioline di sale, come fossero stelle nel cielo del suo corpo. Della sua pelle.

Libero era diventato universo.

Tanto che non gli costò pena aspettare la sera in silenzio, guardando il mare, nudo, senza far nulla che non fosse aiutare il sole a tramontare. E il vento ad alzarsi per gonfiare la notte.

Dalla sua stanza, poi, alle otto spaccate, scese vestito così come era arrivato il giorno prima. Mancavano le mutande, certo, che in quel momento stavano navigando verso la Corsica, ma era quasi impossibile accorgersene.

L'uomo coi baffi non c'era più (stava camminando ancora verso Portofino, ma era quasi impossibile accorgersi anche di quello), tanto che a fare tutto, là dentro, all'Ultima Solitudine, non era rimasto che Enrico.

Lo accompagnò al tavolo, l'unico, quello da cui si vede un po' mare, un po' cielo, un po' vento, sempre più vento, e lo fece sedere cercando di ricordare cosa facesse, e dicesse, l'uomo coi baffi.

Il sole stava tramontando.

L'imbarazzo di quell'altra sedia vuota, però, toglieva il fiato a Enrico.

"L'uomo coi baffi avrebbe saputo che dire" pensava, "avrebbe sdrammatizzato con una battuta, con una storia delle sue. Io che faccio?" si tormentava.

Libero, invece, sorrideva.

"Sarà che è scemo" pensò Enrico. "Oppure sarà che ha capito tutto."

Si avvicinò lento con le sue grosse mani da falegname che sbuccia le patate.

Prese tempo.

«Deve scusarmi, stasera sono solo e tra la cucina e il servizio in sala... sarò più lento del solito.»

«Non si preoccupi, andrà benissimo. Aspetterò.» Perché Libero, delle attese, amava tutto.

«Possiamo cominciare, allora?»

«Ancora un secondo, per favore...»

Nella Città Grande le campane del Duomo batterono, in quel secondo, le otto e mezzo della sera. Batterono il primo rintocco. Era ancora presto.

Si sentivano nella casa tutta bianca che fu tutta blu, con librerie ora piene di libri. Le campane batterono il secondo rintocco. Nella Città Grande. E come un'eco, contemporaneo, come una risposta comune, come un "Sì, è il momento", dopo pochi attimi anche i campanili di Orta – quello dell'Isola – quello di Bisogno, di San Rocco che da un pomeriggio di qualche anno fa non aveva più sgarrato nemmeno un secondo, quello di Portofino dove chi lo sente non sa cosa significhi, quelli americani, dove mai nessuno di questa storia è arrivato, quelli di Camogli dove il fornaio vista mare sta sfornando focaccia al formaggio e quello di Sesto San Giovanni – dove, in un supermercato grande, un uomo bello vestito da prete resta gelato davanti allo scaffale della maionese, del ketchup e poi lo vede: il barattolo di senape – e quello di Miasino. Ovunque, in quel secondo d'attesa, l'ultimo, sono le otto e mezzo di sera. Battono adesso otto rintocchi pieni. Poi un mezzo rintocco.

Ora.

«Ora possiamo cominciare» disse Libero.

«E l'altra sedia?» Perché questa è anche l'ora dell'imbarazzo.

«L'altra sedia...» continuò Enrico rosso in viso, incassato tra le spalle con le mani grandi, una capace di nascondere l'altra. «L'altra sedia resta vuota o è per qualcuno...»

Il portone.

Il campanello.

Un volto.

«... Dicevo» riprese Enrico «mi scusi» qualcosa li distrasse «mi chiedevo se l'altra sedia...»

«C'È NESSUNO?»

Un urlo.

("La gente tornerà a urlare.")

Un profumo.

«Mi chiedevo» disse ancora «se l'altra sedia fosse per qualcuno...»

«Sì: è per lei.»

E il vento si portò via il resto.

41

Il vento.

Fuori dalla Locanda dell'Ultima Solitudine fischiava come una zampogna. Come una cornamusa. O anche solo un fischietto.

Spingeva così tanto, il vento, che anche le parole venivano fuori mezze storte.

Uno di fronte all'altra.

Libero alzò la testa quando un refolo di vento dal mare si intrufolò dalla porta e le scompigliò i capelli.

Eccolo.

Eccolo, lo annusò, quel vento profumava del colore che stava aspettando.

La voce della Viola.

Occhi blu, il vento li fa rossi, eccola: Viola.

Viola, a quella lingua di vento, come una tartaruga infreddolita incassò la testa tra le spalle e rabbrividì. Però fece in tempo a pensarlo anche lei: "Eccolo".

Eccolo, il senso del viaggio che stava cercando. Eccola lì, la sua libertà: Libero.

L'ultima solitudine in quell'attesa di dieci anni.

Poi, per la prima volta, seduti uno di fronte all'altra all'unico tavolo della Locanda, come fosse l'unica cosa che avrebbero sempre dovuto fare, da sempre, si guardarono negli occhi come non si fossero visti mai prima.

Il vento.

«E come ci sei arrivato tu qui?»

«Ho prenotato. Dieci anni fa. Ti aspettavo. E tu invece?»

«Dovevo fare la pipì.»

Il vento.

«Sono arrivata in treno. Alla stazioncina di Camogli. Poi mi sono messa a camminare, cercavo il mare, l'orizzonte, l'America. Non so cosa cercavo. Camminavo. Per un po' ho seguito un cane nero come quello delle favole, hai presente? Lui davanti, io dietro. Poi è sparito. Ho preso per i boschi e sono arrivata qui, mi scappava la pipì, ho visto che c'era una Locanda sullo scoglio, ed eccomi qua. Non fa bene tenere la pipì. Me lo diceva sempre il mio papà.»

Il vento.

La pipì.

Uno si fa mille storie nella vita e poi basta la pipì a cambiare il corso delle cose.

Perché la pipì è come la vita, a volte scappa.

E tenerla non fa bene.

Risero.

Il vento.

«Lo sai che qui io ho un ruscello?»

«Qui dove?»

E indicò il mare.

«Forse è per questo che sono arrivata qui. Per riprendermi il mio ruscello.»

«Anche io» disse lui.

Mangiarono dieci perle.

Le perle dell'Ultima Solitudine.

Con la gioia e la fantasia di trovare il gusto giusto a ogni pensiero.

E il vento, poi, divenne caldo.

42

In uno di quei lenti pomeriggi di settembre in cui non succede proprio niente che valga la pena di ricordare, uno dei primi del nuovo autunno quando ancora le foglie non hanno capito che è ora di farsi vento e sparire e si aggrappano alle stecchite dita degli alberi, un pacchetto di carta ingiallita si arrampicò su, a fatica, fino alla Casa del Petalo.

Conteneva due buste. Una grassa, una magrissima.

Conteneva due buste. E le buste contenevano fogli. E i fogli contenevano parole e le parole contenevano lettere: quelle erano lettere che contenevano lettere. Erano come specchi dentro gli specchi. È così che appare l'infinito.

Il tutto riassunto dall'unico pacco di carta ingiallita infiocchettato con lo spago d'arrosto.

Si arrampicava piano, il pacco, nella borsa di cuoio aperta e traboccante di bollette di un giovane postino in bicicletta. Era nelle consegne da un mese. Era rimasto lì fermo per tutto il mese di agosto. E, soprattutto, era tutto calcolato.

Il silenzio.

Il silenzio.

Il silenzio.

E un postino che saliva a Bisogno con un pacco di carta ingiallita con un ritardo calcolato di un mese. Fatto su in uno spago d'arrosto, il pacco.

E faceva fatica, il postino.

Faceva fatica, sui pedali, fino ad arrivare alla Casa del Petalo e lì, senza nemmeno suonare, tanto lo sapeva, c'era dentro gente che urlava lì, avrebbe potuto suonare due o duemila volte e non l'avrebbero sentito mai, lasciò il pacchetto sulla porta d'ingresso.

Che conteneva due buste, una grassa (come si fosse mangiata tutto l'arrosto del filo che teneva su il pacco) e una magrissima (come portasse una brutta notizia).

Due lettere.

Due buste.

Un buco infinito.

Girò la bicicletta, il postino, e si buttò in picchiata scendendo da quella collina pettinata a vigne.

Mentre lontane, a morto, già suonavano campane.

43

Ciao mamma.

È la prima volta che ti scrivo, hai ragione. Magari avrei dovuto farlo prima. Prima quando ho fatto la cameriera a Oslo, o la lavapiatti a Madrid. Oppure quando ho fatto le pizze in Russia e in Turchia. O magari quando ho lavorato come segretaria in uno degli studi dentistici più belli di Berlino o quando sono tornata in Italia, a Genova, a cucire pezze in una sartoria cinese e poi ho preso il treno per Camogli, per mangiare la focaccia al formaggio.

Ho fatto un sacco di lavori, non te ne sarebbe piaciuto nessuno. E pochi sono piaciuti a me. Anzi, mi avresti chiesto: "Ma perché devi fare un lavoro così?". "Per i soldi" ti avrei risposto. "Soldi? E che te ne fai?" avresti concluso tu che vivi di fiori da accordare e di stanze per urlare.

Ti scrivo per dirti che sono viva, e che sto partendo.

Ma come, dirai, sono mesi che parti e vai senza avvisarmi di quello che fai, e ora mi avvisi che parti?

Sì. Stavolta parto. E sì. Stavolta ti avviso.

Magari qualcosa ti spiego anche.

Nella busta che ti ho mandato ce n'è un'altra. Chiusa. È per papà. Fa' così, per favore, non aprirla e stasera buttala nel camino. Se ho fatto bene i conti dovresti leggere questa lettera in autunno, e se ti conosco abbastanza il camino, d'autunno, lo accendi ancora. Sempre. Tutte le sere.

Va bene così, buttala lì, tra le fiamme. Lascia che bruci.

L'altra lettera, invece, questa, è per te. È per dirti che parto.

Sono alla Locanda dell'Ultima Solitudine. Un posto strano. Sarebbe strano anche per te, anche se ha dentro qualcosa di noi, noi, noi, io tu e papà, proprio di noi.

Ed è per questo che ti scrivo da qui e non l'ho fatto da Mosca, Berlino o dalla Turchia dove, anche a cercar bene, di noi, di chi nella Casa del Petalo sa vivere, o di chi non lo sa fare, non ho mai trovato nulla.

Qui ho incontrato un uomo. Libero.

O meglio, è sposato, ma questa è un'altra storia. Ha prenotato qui dieci anni fa, dice che mi aspettava. Era sicuro che sarei arrivata. E nel frattempo si è sposato. Le notti d'inverno sono lunghe per tutti anche nella Città Grande, evidentemente. È strano, ma non troppo. È Libero. Ma non troppo.

Partiamo insieme. Dove andiamo? Mamma, non lo so. Ti scrivo. Davvero.

Ti ricordi quando mi hai detto di tornare da te più felice per insegnarti a esserlo? E se partendo, con Libero, adesso, da qui, dalla Locanda dell'Ultima Solitudine, io stessi sorridendo? Ti basterebbe sapere che in questo momento io sto sorridendo? Ti basterebbe? Anche se non torno? Perché parto e in qualche modo torno.

E sorrido.

Immaginami così, sorrido e non chiedermi il perché. Forse non lo saprei dire nemmeno io.

Ora, semplicemente, sorrido.

Vado, Libero mi aspetta, dice che prima di partire deve comprare le mutande.

Prima o poi te lo farò conoscere. Quando le avrà comprate, magari.

Tu non urlare troppo.

Altrimenti c'è il rischio che ti senta e che sia lui a non volerti conoscere.

Ti voglio bene.

Viola
Anzi no, la tua Viola

44

Margherita lesse tutto.

Poi aprì la bustina magrissima.

Conteneva un biglietto. L'ultimo. Era listato a lutto e riportava un nome che non sentiva più da tanto tempo. Erano tornati.

Tutti e due.

Lena correva verso di lei euforica. «Margherita, sono tornati! Dopo la lezione di prova sono tornati tutti! Venga, presto, è ora di iniziare.»

La prese per mano e la portò nella stanza grande, quella del camino. Quella che le aveva fatto trasformare in uno spazio nuovo. Enorme.

Seduti, ad aspettarla, c'erano tutti gli urlatori della Casa del Petalo. Il ragazzo con gli occhiali verdi, la ragazza dagli occhi scuri che dentro, a guardarla bene, non ci distinguevi i confini della pupilla, e quella con la maglietta nera con le giraffe cucite in giallo, e la donna dai capelli d'argento che voleva imparare a urlare prima di averli tutti bianchi...

E c'era la bimba con la treccia mano nella mano a quell'uomo calvo, con tutte le rughe che gli si affollavano sulla fronte, se si perdeva a ridere. E c'era la ragazza con le lentiggini e quell'accento di un posto lontano. E poi quella con le scarpe rosse e la "r" che come la diceva non la capiva nessuno. E un vecchio che molti dicevano matto. E quel ragazzo arrivato lì sconvolto. Un giorno, di corsa, urlando: "Perché! Perché!".

C'erano tutti.

Lena si sedette tra loro.

Margherita si stirò la gonna sulle gambe, con lo sguardo basso, come a doversi sistemare. Fece alcuni passi in avanti, era lì. Li aveva tutti davanti a sé.

«Bene» alzò la testa, «ora urliamo. Tutti. Insieme. Urliamo. Urliamo come fa il vento prima di passare tra i fiori. Siete pronti?»

Fecero segno di sì. Con la testa. Erano prontissimi.

«Al mio tre. E uno, e due» e qui presero tutti un respiro profondissimo, «e... tre!»

Silenzio.

Crollò un silenzio profondissimo.

Armonico, coordinato, un colossale coro di silenzi accordati.

Di uomini e donne che urlano.

Dentro.

«Le cose importanti le abbiamo dentro, no?» li spronava Margherita. «Forza! Fatele urlare tutte! Fate che vi urlino dentro!»

Dietro la schiena strinse le lettere. Urlò anche lei. Dentro.

Durò per tutti un tempo lungo. Poi, uno alla volta, andarono via in silenzio.

Solo un ragazzo si attardò.

Era arrivato a Bisogno per caso, un giorno che era tutto sconvolto. Pieno di dolore. Inseguiva qualcosa che aveva perso.

«Ora stai meglio, però, non è vero?»

«Sì, molto. Solo mi spiace non averlo più ritrovato... mi sembrava proprio bello... l'ho visto, l'ho seguito... e poi...»

«Era un cane, no?»

«Un cane, sì...»

«Ed era nero, non è così?»

«Nero, nero. Esatto.»

«E correva velocissimo che se non stavi attento e non gli stavi bene dietro con lo sguardo sembrava sparire tra gli alberi, è così?»

«Esatto, è così! È proprio così! E mentre lo rincorrevo pensavo: "Se ti prendo ti do un nome bellissimo!". E lo chiamavo! Lo chiamavo!".»

«E come lo chiamavi?»

«Perché. Lo chiamavo Perché. Ma niente: *puff*... è scomparso.»

«Secondo me, tu, prima o poi, devi andare a cercarlo qui...»

E Lena gli scrisse qualcosa su un biglietto.

«L'Ultima Solitudine. Dice che è lì? Il cane?»

«Il cane non lo so» rispose Margherita, «ma se vai lì, un perché lo trovi di sicuro.»

E risero, risero e risero. Così tanto che forse loro, quel perché, l'avevano già trovato.

Ringraziamenti

Il giorno che mi regalò quel libro, mio padre, ci scrisse sopra una dedica lunghissima. Era il 1983, avevo tre anni, e non avrei imparato a leggere che quattro anni più tardi. Di quelle righe autografe, per molto tempo, fui in grado di capirne solo la firma: uno svolazzo rosso e nervoso che sapevo essere il suo nome e quel cognome uguale al mio. Quelle parole sono un segreto ancora tutto mio, ma il loro senso l'ho raccontato in questa storia. Come a dirgli grazie. Del libro, della dedica, del tempo impiegato per capirla e di quello passato insieme. Grazie.

Questo libro non esisterebbe senza Silvia Tesio, che ha scoperto la Locanda nelle mie carte, e Maria Paola Romeo che ringrazio per averla accolta con quel suo sorriso di cui credo si nutra anche il cielo quando ha bisogno di tirarsi su.

Marilena Rossi e Barbara Gatti vanno ringraziate con un inchino profondo: c'era polvere e disordine e non tutte le assi della Locanda erano inchiodate giuste quando sono arrivate a leggerne le pagine. La dolcezza e la bravura con cui mi hanno aiutato a mettere ordine in quelle parole mi commuove come un pulcino.

Ci sono alcuni amici che hanno una parte in queste righe: Marco Carnevale Maffé, Riccardo Tacca, Elisa Ceriani, Gaia Oggioni, Marco Manzella, Maria Paola Colombo, Veronica Arnone, Marco Sindico e Carlotta Sillano. Sono loro le orecchie a cui ho affidato le fondamenta di questa storia. Alberto Spillo Piccolini, addirittura, l'ha vestita di una copertina calda per proteggerla dal freddo fino ad oggi. Andrea Ballaratti, poi, è il fotografo bravissimo che mi ha scattato la foto con la papera mostrando una pazienza che neppure la papera, di legno, ha di solito con me. Una sera, sentendo suonare i Venere e Andrea Fabiano, di colpo, ho visto per la prima volta Libero e Viola. Non ho mai capito se Andrea, Marco Iacomelli, Emanuele Sarri e Lele Pintus, da quel palco, se ne siano proprio accorti: ma li ringrazio per quelle note che me li hanno fatti nascere dentro di me.

Alessandro Marchetti e Valeria Belloro da qualche anno, in estate, mi lasciano la loro cascina spersa nei campi: lì faccio la guardia a gatti feroci e ragni enormi. Questa storia, in parte, è scritta laggiù, in quel luogo che ha la stessa voce della Locanda: il silenzio.

Alla Locanda dell'Ultima Solitudine, io, ci sono stato davvero con Barbara Bozzola, amica che se non ci fosse sarei perso, e Valentina Bernardi, amica a cui ho rubato un nome, Viola, e la forza di vivere la vita come una scommessa vinta. Sempre. In queste pagine c'è qualcosa di loro.

Ringrazio, profondamente, Fabio Lagiannella che lesse questa storia tra i primi e disse: "Bellissima: è tutta da riscrivere". Aveva ragione. Certi librai sanno trovare i libri quando ancora nemmeno ci sono e Fabio è un libraio straordinario. Grazie per avermi consigliato tanti libri belli e avermi dato lo sprone per scriverne uno. Con lui ringrazio i miei colleghi librai di Novara: Alessandro, Carlo, Ludovica, Elisa, Marco, Roberto (e Matilde) e i miei colleghi librai di Vercelli: Daniele, Isotta, Valentina, Gabriele ed Enrico, ma anche Daniela e Sara di Gallarate: leggere è la famiglia di cui siamo tutti figli.

Non posso chiudere questo viaggio senza ringraziare chi mi ha insegnato a ridere, Rosalba Galimberti, e chi a giocare: Sarah Barbaglia. E che non sempre la vita va come vorresti, ma che se ridi e giochi, forse, va già un po' meglio. In Enrico, io credo, riconosceranno l'una un padre, l'altra un nonno.

Bene, ho finito. Torno alla Locanda dell'Ultima Solitudine. Vieniquì è già arrivato. E anche io: vi aspetto lì.

INDICE

«La Locanda dell'Ultima Solitudine»
di Alessandro Barbaglia
Oscar
Mondadori Libri

Questo volume è stato stampato
presso ELCOGRAF S.p.A.
Stabilimento - Cles (TN)
Stampato in Italia. Printed in Italy